失散的欢年

王芳◎著

时代文艺出版社

图书在版编目（CIP）数据

失散的欢年 / 王芳著．一长春：时代文艺出版社，2020.7

ISBN 978-7-5387-6245-7

Ⅰ．①失… Ⅱ．①王… Ⅲ．①散文集－中国－当代 Ⅳ．①I267

中国版本图书馆CIP数据核字（2019）第278489号

出 品 人　陈　琛
产品总监　邓淑杰
选题策划　凌　翔
责任编辑　刘越新
助理编辑　刘　力
装帧设计　孙　利
排版制作　隋淑凤

失散的欢年

王芳 著

出版发行 / 时代文艺出版社
地址 / 长春市福祉大路5788号　龙腾国际大厦A座15层　邮编 / 130118
总编办 / 0431-81629751　发行部 / 0431-81629755　北京开发部 / 010-63108163
官方微博 / weibo.com / tlapress　天猫旗舰店 / sdwycbsgf.tmall.com
印刷 / 三河市万龙印装有限公司
开本 / 640mm × 910mm　1 / 16　字数 / 152千字　印张 / 12.25
版次 / 2020年7月第1版　印次 / 2020年7月第1次印刷　定价 / 25.00元

图书如有印装错误　请寄回印厂调换

目　　录

辑一　此情可待

辑二　欢年云散

辑三　学堂静谧

辑四　过客鸿影

辑五　匆匆行色

辑六　大地心音

辑一／此情可待

母亲的诗和村庄

夜已经正式上场，房子阳台正对着的马路边上，那盏灯白昼似的明晃晃亮着，仿佛就在人家的屋檐下，霸道里夹着些许温柔。光线里播撒着柔和的橘黄色，将这个寂静的交叉路口浸染得安详而温暖。还好，只是初夏，晚风清凉，迎光飞来的小虫还不多，从灯光里往上看，夜色中的天空辽阔幽深，云朵也静得久久不愿变幻形状；蛙声此起彼伏，永不知疲倦地鸣唱着这样的夜晚。随着热烈的歌声，香樟树叶收起了白天发亮的光泽，用另一种方式明示它的存在——它散发出醒人心神、令人欲罢不能的清香，微风一过，又将这香味带得很远很远。

在这样的夜晚，大地的生灵把它们内心的宁静、馨香、快乐与这大地上的人分享，试图以此获得内在的理解与共同的荣光——只要想到它的善意，怎样的心都会要柔软起来吧。

就在这盏灯的光线能够播撒到的地方，在灯光对面的屋檐下，一个母亲正在给她的孩子念着诗。孩子躺着，静静地听，眼神缥缈，充满幻想；母亲的声音起起落落，打着与光同行的节奏，温婉柔和，如同乐音。她读道："夕阳像吝啬的财主/正收藏起它最后一点儿金黄/日光渐渐地沉入深深的黑暗之中……/突然，一个男孩尖锐的声音划破了天际/穿越了黑暗/留下他的歌声在静谧的黄昏里回荡/他的家就在荒地边缘的村落里/穿过甘蔗园/隐约在香蕉和直直的槟榔树/以及椰子树和深绿榴莲的浓荫里……"

男孩坐起来，问："妈妈，你说的，我都没有见过，你带我去见见吧！"稚嫩的童音在安谧的夜里，那样急切、甜蜜而新鲜，仿佛能捏出清亮甘甜的汁水。

年轻的母亲遥想起自己的家乡，以及那些在村庄里成长的童年岁月。她想到了那落了又开、开了又落的紫色泡桐花，黄了又谢、谢了又黄的油菜，想起那些漫不经心穿梭在田埂上的时光，想到了田野里收割完后一茬一茬的稻草梗、橘子林梢入冬还没有摘完的果实，以及一群群从外地跑来捡橘子的女人……那里写满诗意，也写满生活无止境的辛劳。时间这个无事生非的顽童，用让它们烂透又长、长了又被割、割了再次烂去的方式来显示世事的沧桑。她想起了那一垛垛高过房子的金黄的稻草堆，以及在稻草堆边捉迷藏或是闲坐的时光。有时稻草还会在灶膛里燃起一把明亮的火，然后那些黑色的灰烬在烟光中轻舞飞扬。她多么想随着这些稻灰扬起到烟囱之上，望望外面的世界，她多么想早日帮着父母摆脱那重重劳动带来的疲倦面容，远离她深爱也深恨着的土地，去到城市的建筑群里谋生。可是自家的屋檐太高太高，而她太小太小，她走不出自己的家乡，那时候，一里路也是一个世界，一里路就是一种升腾。

怎么去告诉孩子诗与村庄终究不能同时出现？那些甘蔗、香蕉、槟榔和椰子，只有在诗中才葆有它们的美丽？年轻的母亲面对孩子，眼带忧伤，但灯光柔和，把她的忧伤一丝一线地分解了。她抚着孩子的头，轻轻说道："那你快快长大，只有长大了，才能看到你想看到的一切。"

但真的长大就能看到想看的一切吗？母亲也不确定，大概每一个母亲都只是本能地希望孩子去看一个自己无法描述的世界吧。孩子不肯就睡，他说："我喜欢这首诗，妈妈，你可不可以再给我念一遍？我要为你画下它。"

年轻的母亲被孩子的天真逗笑了，没有见过，怎么画？再次深情吟诵，也再次身临其境，关于村庄的一切在这个夜晚席卷了年轻母亲的心。诗歌的旋律清静悠扬，孩子陶醉其中，尽享天籁。冥想的眼神清澈明净，与诗一般纤尘不染。

我的孩子，这是为你写的诗，只有你才拥有吟咏它的权力！如果你去到我的村庄，难道你不会是最深情的诗人？可是我已经失去写作它们、歌咏它们的能力！因为心的不安定，我离开烟囱开始往外飘荡，希望将村庄的一切甩得远远的，不带丝毫痕迹。就这样，我的村庄以它多情的目光送走我仓促而灿烂的青春背影。我的孩子，我离开它们已经很久很久，我被各种无谓的需求缠绕，我童年时企图逃脱房子的束缚矗立于屋檐之上飘游于"家"之外的梦想已然实现。然而，我失去了梦里的村庄！并且，我再也无法将这个村庄完整地呈现在你的面前！

年轻的母亲再次抚摸着孩子的额头。孩子说："妈妈，让我为你读一读，可好？妈妈，不知道为什么，我特别喜欢读这种诗，世界上还有什么比诗更美的东西吗？"

母亲笑了。"没有了，只有诗，才是灵魂的乐音，读吧，孩子，诗是诗人从生活、从自然、从他的村庄里吃进草后挤出的甘甜的汁，诗是世间最甜美的东西，如果哪一天，你看到了自己的村庄，别忘了为它写一首诗。”

孩子似懂非懂地点了点头。

香樟的叶子还在闪闪地亮着，它的香味已经随屋檐下那盏橘黄的灯的光线，洒到了这一对母子的脸上，孩子吟咏着《家》——“看着在我面前展开的幽暗大地，正用双臂拥抱着无数的家庭……”夜正一秒一秒地深下去。

在这个晚上，在无数个晚上，妈妈们的心和夜晚的灯光，还有那年幼的生命自然而愉悦——对于世界而言，他们的欢愉的价值，漫成无边无际的海洋。

第二天，孩子果然画了一幅色彩绚丽的蜡笔画，画中，一截一截的甘蔗挂在树上，如同一挂挂榆钱；椰子则躺在田野里，像西瓜；香蕉呢，全插在地下，留出一小截诱人的黄，像萝卜，上面还长了嫩绿的叶子；至于槟榔，则像一颗颗朝天椒一样排列着往上长。

画的背面写着一行歪歪斜斜的字，“妈妈的诗和村庄”。

比水静，比草低

母亲说："孩子，若有一天我离开了你，看看这雪吧，每一朵雪花，都会从生你养你的地方出发，带着我的气息，带你找到回家的路。"

整个下午，时光寂静如水。大朵大朵的雪花从高高的落地窗前缓缓落下，有的飞舞坠地，有的扑到玻璃上，仿佛在对我说，我来了，你却为何如此郁郁寡欢？

我抬头望了望城市灰蒙蒙的天空，更多的雪正在纷纷扬扬地向整个大地覆盖而来。它有意覆盖住这熙熙攘攘的人世所有的烦恼、忧伤，驱走一切欲望和邪念，甚至平息种种噪声，静下来、静下来，只留下思念与爱，与这雪一般，生生不息……

跟我回家吧，跟我回家吧。那里有大片的田野，还有永远也不会消逝的破格子窗棂，以及那些至冬也不凋零的松树林，林子里有的是缩成球状的刺猬、羽毛光鲜的野鸡，以及笨笨的一抓一个正着的灰兔子。在那些落满雪的屋顶上，必定是于成片成片的白色里，时时冒起股股青烟，那熟悉的味道会使任何一个走在回乡路上的人的鼻子酸起来，而脸颊却忍不住地浮上微笑……

许多年了，每当雪花从天空飘落，母亲的话总是随之飘到耳边。时光流逝，什么颜色都会消退，然而，消退了的灰白，也正好将另一些深深浅浅的黑白色托了出来。比如这从故乡出发的雪，如烟似霭，无声无息，比水静，比草低，沉静内敛到丝毫不动声色，却比任何季节能引发的思念更恒久、更清晰。也许，冷与静，才是思念与爱更为集中的方式?

我思念那扇窗。那是一扇灰褐色的细格子木窗，有时糊了发黄了的报纸，有时又被谁捅坏了，撕得七零八落。在寒冷的冬天的黄昏，风牵着细细的雪线在屋脊上奔跑时，我的心里就巴巴地期待，期待酣睡一晚醒来之后，望一眼这窗子，有一种奇怪的半明半暗的光亮涨满整个房子。接下的一瞬间，既是意料之中又是巨大惊喜地趴在窗户边，看一夜之间白起来了的天地。如果那里不露一点儿土地的痕迹，或是在枯树枝上有毛茸茸的一层，或是所有常绿的树木全穿上厚厚胖胖的白袄子，或是窗前的茅檐下挂满长长尖尖的冰凌，衬着白的天地，不自然地就要生出几分诗意——这真是冬天再好也没有的礼物了。如果只是薄薄的一片，没有到十分，不禁有几分遗憾失落，但那时也懂得了聊胜于无的道理，仍然是欢喜着的。想来，如果没有这格子窗的褐色将夜里的雪白拦去几分，那份惊喜也就未必会来得那么隆重了！多少年后学到“已讶衾枕冷，复见窗户明。夜深知雪重，时闻折竹声”，不禁要为在寒冷与孤寂里伴着静静飞扬而下的雪任思念点点积厚的诗人感叹，想必那时他望着的窗，也是那褐里透亮的木格子吧?

我思念那片松树林。方圆几里路的林子，对于小小的我而言，是一个很大很大的世界。其他的三季，由于过于繁茂青翠所带来的幽暗神秘，它成了藏匿各种鬼怪的所在，尽管里面有捡之不尽的蘑菇、踩上去柔软如毯的苔藓，以及长着各种各样羽毛的鸟。在雨后，从松树尖滴下一小滴一小滴的水，晶莹剔透，令人流连，但是，那是只能在阳光朗照的白天才能偶尔领略的精彩，没有谁敢在里面待个淋漓尽兴。只有在这样的大雪天，松林里的雪，下在厚厚的枯草上，干净得叫人心痛。无论怎样打滚，堆雪人，都不会沾到一星半点儿泥巴。又因为有了这白雪的映照，处处都亮堂堂的，什么鬼怪也都藏不住了，尽可以放了胆从早晨一直玩到晚上，走遍这林子的每一个角落。雪，成就了心里的英雄梦。

我思念那些坐在火炉边将《连城诀》看了一遍又一遍的日子。雪花从天而降，铺向村庄，牛们停止了哞叫，猪们也安然入睡。那些曾经此起彼伏吠着的狗们，成群结队地去雪地上用脚印作画去了。鸡瑟缩着身子待在屋角，而猫温顺地窝在炉子边，眯着眼，看我沉浸于书的世界。在没有读《瓦尔登湖》之前，我一直认为下大雪时最适合读的书是《连城诀》。这是一个与雪有关的故事，正应了这样的天气，大雪封山后人性中的那些丑陋与美好，在干净得一尘不染的世界里一览无余。尽管很多人都更喜欢金庸的其他小说，但不可否认，这一部是最独特的，年少的我读了一遍又一遍，每一遍，必然是心潮起伏、感慨万千。母亲喜欢在炉火上放一壶水，我总一边看书，一边听壶里的水响了又响，一抬头，天地一片白，恍然间不知今夕何夕，身处何乡了！

我思念我的母亲。母亲嘴角的笑，母亲手间的活儿。

那年冬天，母亲为自己买了平生唯一一件昂贵的衣服——五十元的深绿色呢子大衣，大衣的右胸绣了一朵凤爪花。母亲穿着它，清秀的面庞越显清秀，而美丽的大眼睛也更有神采。当时的母亲三十八岁，岁月的艰辛加速了她的衰老，但她穿上那件衣服时，我打心底里感到自豪，我的母亲，她是多么美啊！她是世界上最美的妈妈呢！我说："等我长大了，我要为妈妈好好地梳梳头，为妈妈买最漂亮的衣服，给妈妈过最平安快乐的日子。"母亲的笑那么灿烂，她的笑，比下得最好的雪还要明净。

可是，她没有等到我要给她的这一切。雪下得很大时，她为过年做准备，煎了一大锅油，却失手将油罐打破，油全泼在地上。很快，油凝结成了白色，她一铲一铲地将干净的油从地上铲起，边铲边流着泪，她说："孩子，我们浪费不起这么多的油呢！妈妈真的该死啊！"我也跟着她默默地流泪，对于母亲犯下的"过错"，我无能为力。

第二年的春天，母亲永远地走了。走之前，她说："去年下雪那天，你见到那泼掉的油没？雪白雪白的，就像外面下着的雪，那时我就知道自己要走了。"我使劲地摇头，否定母亲的话。母亲说："雪啊，那是比水静，比草低的灵物呢。"

从此，远远离开家乡，多年怕见下雪。

今年的第一场雪，于阳光明媚之后突然到来，铺天盖地，真的将所有的忧伤与烦恼覆盖住了。雪花飞落在我的睫毛上，轻声地倾诉。原来，它是来自故乡的雪啊！它带来了母亲的消息，它说："回家去看看吧，你看这城市，待久了，你还回得去吗？"

是啊，回不去了。就算回得去，那一切还在吗？那些留在村子里的童年，是不是依然如我们逝去的时光一般，受到雪的万般诱惑，与这天地间的精灵一起舞蹈？据我所知，乡土已经陷入生命凋零的季节，失去了它的热血和创造力，与我同龄或更小的成年者，将家乡抛在身后。为了生存、为了他们所理解的用更多的物质去满足孩子的需求，把他们的孩子留在那块已然苍老的土地上，乡土、母亲、雪，这些词语已经不再与童年相关。取而代之的，是日夜沉浸其中的游戏、是苍白浅淡的聊天，他们不像我们一样要改变属于乡土的命运，他们重复他们的父母，乡土对于他们而言，已然死去。

一只鸟在窗外扑腾。我想打开窗迎它进来，可是，窗是全封闭的。它与雪一起一次又一次扑过来，扑得我心里隐隐生痛。我对它无能为力，正如我对那些逝去的往事，对那些失去了父母的童年、那些正在一寸寸苍老下去的土地无能为力一样。但是，我怎么甘心?

我走到阳台上，这是开放的一片天地。迎着寒风，我对小鸟呼喊，在这儿，进来吧!

雪也随之一起飘了进来，轻轻地，比水静，比草低。

纠结的似水流年

在26路公共汽车站，我陪着父亲等公车。车流成了某种情绪的背景，夕阳的步子紧紧慢慢地上来，我记忆的流水，也在这人声车影里，紧紧慢慢地流淌……

我说："爸爸，你每次打电话，总说提不起气，开春就过来看病！"他的语气很犹豫，说："那么，钱谁出呢？"我很生气地说："我出，不算在我每年给你的那些钱里，行吗？"他就笑了。以前他总是说，医生总是没病也要说出病来，吓人。他还说，钱赚得不容易，丢在医院的速度最快，你的钱也是钱啊！我曾哄他，我的是医保卡呢，那钱反正不用也取不出来。从此他就以为医保卡只是一张卡而已，于钱无碍，于是就放心地来了。

还是穿着前年给他买的皮棉袄，从领口看去，里面的毛线衣至少有四件，一层一层，领口不是褪了色就是磨了边，在这已经渐渐变热的天里，把他衬得愈发苍老。裤子上沾了些泥，还有油印，料子很垂，却灰蒙蒙的，又有点儿显大。我说：“爸爸，皮衣上有灰尘和泥，出门的时候要擦掉，裤子让阿姨洗干净些。”父亲讪笑着说：“人老了，哪里还那么讲究？不过是吃饱穿暖，出门时就胡乱穿了来的。”我心里明白，父亲即使有什么好衣裳，阿姨也没有打理好，而偏他自己也不在意，就这么，像是没人管的人。我便带了几分烦躁，高声说：“人老了更要讲卫生，否则真是没人会喜欢的。”但其实，那时我的心里一阵强过一阵地难过，好似他晚年的不景气，全是我的过错。

很多年来，我一直因为母亲的去世而怪他，也因为他的无情而怨他。我曾对那个倔强的自己说，他的老年，我只要让他有吃有住就行，我不会太多理他，因为我无法去原谅。光阴流走，年复一年，他依然是那个父亲，见到他亲生的儿女们，总是长吁短叹，无外乎就是想多要点儿钱。以前，大家都以为这只是贫穷久了的父亲对于钱没有安全感，就都顺着他，任他要了去银行存着。去年有一次，他有一笔钱要存，悄悄地问我：“有没有存五年定期的那种？”我说：“你要定期干吗？”他神秘地回答：“我怕我死在前面，你阿姨没有依靠，得给她留点儿钱。”

我的脑海立即浮现去年他病危时抓住我的手的情景，他说：“除了你的阿姨（后妈），我在世间没有牵挂，乡下的房子要给她留着，每月要给她钱，要经常去看看她。”妹妹一听，火冒三丈，泪水也哗哗地流，问他：“当年，为什么你不能这样好好对待我们的妈妈？！”

如此一来，父亲存钱的心思昭然若揭。

可即便他这样不堪，我的心依然被岁月的洪流冲得柔软，对他不再有怨恨，虽然爱并不浓烈，却愈来愈害怕哪一天回到家乡，那里不再有熟悉的身影等待、迎接。我便给弟妹们发令，依父亲要求，每年把给他买衣衫的花费，全部折换成钱，任他自己去经营。且答应他，如果他走在前面，如果阿姨的儿女如现在这样不管她，我们一定会管她。

父亲因为有了我的这句承诺，过了一个情绪轻松的年，虽然依旧很难盼到我们的身影。

就是这样的父亲，在“国医馆”看病的时候，老中医罗教授发现他有冠心病，脉搏总是强两下，弱一下，半开玩笑半认真地对他说：“要坚持吃药啊，不然哪天突然这强的脉搏动不起来了，它不愿意为你工作了。”父亲哈哈一笑，说：“不工作就让它待着呗！”他见到老人，完全不是见到我们时的忧愁样，让我有些讶异——我毕竟是不了解父亲的。看完病抓完药出来，他大声对罗教授说：“你们这里千万不能挂那‘生意兴隆’的匾哦！”教授愣了一下，然后哈哈大笑起来，说：“老人家真有趣，这么好的心态，你的冠心病只是初期，好好吃药，很快就能调整好的！”

父亲笑着出来，走到阳光灿烂的马路上，立即就安静了，一个人默默地缓缓横过马路。我紧紧跟着他，扯住他的手，说：“看车啊！”他说：“知道，我还不老呢，只有六十八。”

马路对面有一家服装店。我说：“要不，去买一件春衣吧！”他说：“好。”令人意外的爽快。

在衣店里试衣服时，只有把里面厚厚的毛线衣脱下，才能试出春衣的大小，且给他买了件新毛衣，要他就在店里换了，穿着也轻松些，可他死活不肯，我就伸手去翻他穿了几件毛衣。一翻，里面一件黑色的毛线衣露了出来，黑色几乎褪尽，面上一层灰白，袖口上有个洞，一根根的毛线散开。我的鼻子一酸，泪瞬间涌满了眼眶——这毛衣，是二十几年前我母亲为他一针一线织成的，许多年来，每年的冬天，他都这么穿着么？还是，他竟穷酸至此，节省至此？！我终于明白他不肯于人前褪下衣裳的缘故了！

我昂起头，假装看店面的装饰，把泪生生地咽了回去。

这就是我的父亲！我的自责一波接着一波。这许多年来，当我们在怨恨着他对母亲的种种不是时，他的自责该到了何种程度！这许多年来他的节省、他的勤劳，他对他后来老婆的种种好处，难道不全是对我母亲的一种忏悔？倘若母亲在，她也一定早就原谅了父亲，希望我们好好待他，多看看他、陪陪他，关心他的病痛，让他吃好穿暖。是的，一定是这样，母亲曾经说，只要她爱着的人过得好，她就是吃糠咽菜也快活。虽然父亲在年轻的时候不知道我母亲的可贵，肆意地伤害她甚至践踏她。但是，母亲当时选择的死，也是为父亲挡去了一难，间接地说，她是为救父亲而死的，如果她不是希望他过得好，又怎会那样呢？

世间每一种千缠百结的情感，都必定有它存在的理由吧？或者，其实母亲并不曾真的恨过父亲？她为他生下三个儿女，她在她的层面上崇拜着他的才华，她在餐桌上永远把最好的菜留给他，在生活中永远承担最多，生怕他过于劳累，却从来顾不上自己……这一切，都是她甘心情愿的吧？

时光的水若能倒流，人生若能再回到年少，父亲不会再如当年一样自负与鲁莽了吧？当他终于明白他拥有世间最爱他的，其实是那个曾天天被他厌弃的人，当他知道一切无法挽回，他一定比我们更难过啊。

这一次，26公车竟然等了二十分钟。每一趟28路过去，他就起立，背微驼地探望一会儿，叹息一声，见鬼，怎么又是28路，然后坐下，静静等候，神情焦虑。我们留不住他，他担心家里的妻子。何况，这样的父亲，我也竟未曾想过要留他，因为忙碌。然而，26路车终于来了，父亲起立，朝车门缓缓走去。他还要转两趟车才能到家，估计到家时已是万家灯火了。我跑上去扶着他的手臂，叮嘱他如果没有人让座，要记得抓紧扶手。他说：“还不老呢，没事的。”然后，那微微驼着的背，便随着紧关上的车门，消失在我的视线里。那一刻，我竟然又要昂起头，把酸酸的鼻头揉几下，然后，好像无所谓一样地，投入到我的生活里。

说实在的，那一刻，我多么想对父亲说句话，但是，仔细想，我竟不知道，我究竟可以说什么。

日月恍惚

清明那天，我驱车回家看父亲。一下车，父亲和继母就迎了上来。我朝继母挤出了一个笑，用宽恕的语调说："生日快乐，阿姨"。她接过我的礼物——一件羽绒衣，很感激地笑着说："还是我的芬儿记得我。"我没有理她，转过头来对父亲说："爸爸，给你买了羊毛衫，我帮你们试一下。"

我先帮继母。最大码的衣服，她穿上去居然有点儿紧！我说："你太胖了，怎么可以这么胖？"她不好意思又讨好地笑着："我也不知道，是在你们家过得太好了吧？你爸爸太会养人了。"

父亲耳背，没听清，问："你说什么？"她便尖声笑着娇嗔地白了父亲一眼，说："该听见的总听不见，说是你养胖的我！"父亲嘿嘿地笑道："是的呢！"语气里满是骄傲。

我皱了一下眉，她马上收了口去厨房做饭。我拿出羊毛衫道："爸爸，你也试一下。”

父亲顺从却艰难地脱下外套，我隐约觉察到他的手有些不方便，但七十岁的老人，也正常吧？羊毛衫总算套过头，穿进手臂，从后面扯下时卡在背上，父亲使劲去扯，左扯也扯不下，右扯也扯不下，像那追着自己尾巴咬的小狗（这样比喻我的老去的父亲似乎有些不敬，但老了的人与孩子何其接近），便索性不管，任其穿得马虎就要穿外套。我笑着说：“还没扯好呢，老人家。”我伸手去帮他扯，一下子就扯好了。他笑了，说：“老了，没用了啊！”我不由得一阵心酸，什么时候我这不服老的父亲，也只得承认自己的衰弱了？

“去照照镜子吧，老头儿挺帅！”父亲不好意思地笑了。

父亲的笑忽然使我无比的难过，仔细想想，许多年来，当我为我的童年与少年遭受的种种不快而忧伤，为母亲的去世而恨意重重，把这一切清算到父亲头上时，他过的是一种怎样的生活呢？他在贫穷中不可逆转地老去。他并没有为自己添半件新衣，或者杀过一只鸡独自享用，他吝啬地积攒着每一分钱，不在乎日渐佝偻起来的身材以及悄无声息爬上脸庞的皱纹。然后，在他七十岁这一年，一咬牙，拿出所有的积蓄装修房子。

我一直反对他装修房子。人都这么老了，房子凑合着能住就行，可是父亲执意要修。他找到各种理由，让他身边的朋友和亲人帮他一起说服我。他说，其实他只是希望每年我们回家时不要急着离开，在他的概念里，有个好一点儿的地方睡觉，我便不会离开了。我曾粗暴地告诉他，即使你修好了房子，我也不会待在家里，我看着她就会想起我的母亲，我无法与她共同相处在一个屋檐下。父亲听到这样的话总是神色黯然，但他修房子的意志仍无比坚定。

房子终于修好，加了一间房，换了不锈钢门窗，吊了顶，贴了地砖，连外墙都刷白了，还加了一米多高的灰色线脚。为什么线脚不刷上绿漆呢？我很惊诧他的选择，灰与白的搭配很有点儿徽式建筑的风情。他说："一清二白，我喜欢这样，好看。"我心里暗暗一惊，虽然已经离开城市五十几年，他却依然保存着城里人审美的直观感觉，但我没有说，而是在背着手检查时故意夸张地说："没想到这个老头儿还真不简单，房子弄得像别墅。"我这么一说，父亲就得意地笑，还用手去捂下嘴，抹平那份得意。他一生最得意的事，是生了三个争气的孩子，长得好看还聪明，如今这房子焕然一新，当然是他得意之二了。我终于懂得了一生节俭至于悭吝的父亲，花费所有积蓄完成他的房子，不过是圆一个梦。我终于懂得时光带给人的无奈。因为害怕死去时不能留给他的孩子一份属于他的骄傲与念想，他选择要造一个连年轻人都会羡慕的房子，让所有人知道他在这世上总算没有白走一遭！父亲背上的担子那样重，却始终没有放下自己的梦，对于他而言，这样的梦是渺茫而奢侈的，那也是属于他自己的倔强。

照照镜子吧！我把父亲拖到镜前，他抬头看了一眼，低声说："老了，怎么穿，也是老了。年轻的时候，有好样子，却只能穿城里的姐夫穿旧不要的衣服，有时候能够拿到一套完整的旧衣都觉得很幸福，如今有新衣服也是枉然啊！"说到这里，父亲神情黯淡，像行将熄灭的烛火。我看到他的大拇指的指甲满满一指缝的黑东西，扯了他一把，说："爸爸，老了也要讲卫生，别把指甲弄得这样脏，你虽然是一个农民，但你是一个从城里下放到农村的诗人啊！"

哦，这不是脏东西，是烟丝，烟丝里的血凝固，看上去就脏了。

我拖过他的手，盯着看，然后我的腿骨开始一阵一阵地痛，那种痛无比清晰，以至于我只能顺势坐下，因为我看到了父亲大拇指几乎砍掉了半边的伤口被那已经凝固的黑血糊成一团，血肉不分。那一刻我深深体会到了父女连心。

父亲看我脸都白了，笑着说：“没什么可怕的，前几天劈柴，不小心一刀砍在手指上，当时鲜血直流，我还不觉得疼，扯了一把烟丝放上面，堵住血，谁知堵不住，流了一摊。”继母听父亲说起，便得意地补充：“是啊是啊，你看你爸爸，砍柴把刀砍到自己手上去了，玩也不能这么玩啊。”面对她的莫名其妙的兴高采烈，我白了她一眼：“为什么不让他去医院包扎一下？这样会发炎的，到时就不是小事了！”父亲说：“小意思，搁我年轻的时候，止住血还要做事呢，现在强多了，砍坏了手还能休息，柴也不劈了，只是穿衣服有点儿不方便。”

为什么劈柴？不是给了钱烧煤么？液化气也可以。

柴可以省钱啊，你们赚钱也不容易，我不能老向你们要，再说，你们城里人不是都喜欢吃柴火饭么？我想你在家多待一些时间，所以堆点儿柴准备着。

我无语了。父亲，为什么在我们年少时，你不这样时时处处想着你的孩子？是你不懂得，还是我们太小不知道？而且，我出去再久，也不是城里人，我是你的女儿啊，在我的面前，你需要那样谨慎吗？

我知道，父亲从下乡的那一刻起，一直保持着区别于乡下人的态度，小心翼翼地保护着他那城里人的梦，那是他的执念，但是，儿女成群的父亲，七十本该从心所欲的父亲，为什么还这样执着于这一生不能实现的梦呢？时光流过我们的面庞，难道不能改变的，除了山川，还有心中无法释怀的执念？我都说我与过去握手言和了，终于把房子修好的父亲难道至死也无法做到？

临走时，在寒风中送我的父亲猛烈地咳嗽起来。他感冒了。

感冒而大拇指上有伤的父亲让我很难过，但我无法温和。我说：“爸爸，不要抽烟了，这样咳，我怕你像去年那样大病一场，去年我被你害苦了，你不要再害我了啊！”父亲怯怯地说：“就戒烟、就戒烟。”那神态，像一个温顺的孩子。其实我想说的是，爸爸，时序流转，春秋代序，你的女儿已经长大，能原谅和不能原谅的一切都被抛到身后了，你如果爱我，就好好保重身体，在这世间多享几年福，以减少我在未来因失去你而生起的悲痛吧！

车子渐渐远去，远到不能看清父亲在时间深处留下的黑点，远到又回到资江边，看我少年所经历的一切，远到坐在桃花仑的十字路口，看来去的车辆，像海底虚幻的浮游生物，那些拼搏在这个城市的光阴又一层层地涌上来……

我看见岁月轰的一下，呼啸而去了，拖着带白烟的尾巴，渐渐彻底消失，无迹可寻。

姐姐，这个温暖的名字

2011年正月十六晚11点多，喧闹的城市，在某一个特定的时刻寂静下来，车默默地奔驰，人默默地行走，天上一轮月，发出极满极白而又极淡的光，像从浸着的冰水里拖出来后被晾在寒风中的一块布，边上还挂着冰凌。

弟弟拖着行李箱往前疾走，我跟在后面，大步跟随。我们穿过广场，进入火车站。这是一个小站，但它通往上海，因此，即使深夜，那谨慎的灯光也一直亮着，亮彻整栋大楼。候车厅里零零落落坐着几个人，地上黄蒙蒙的，灰尘和垃圾随行人一会儿滚到这边，一会儿滚到那边。这时，广播里喊，“通往上海的N次列车已经进站，请要前去的旅客从第21号入口检票”。弟弟头也不回地往检票口冲去，我又紧跟着，攥着两千元，塞进他兜里——我还是不舍得他吃苦，把那个月工资的一大部分给他了——一家人的生活还仰着这些钱呢，但是，我总有办法想的，弟弟不能在外面受苦。妈妈离开得早，弟弟一个人在上海漂着……

他转过头来看我一眼，叫一声，“姐——”，我的泪，一下子就涌了上来，热烫烫的。可是他已经二十几岁，虽然前段时间在大城市闯得头破血流，举步维艰，让我恨不能替他去受那些苦，但我深深知道，自己的人生谁也无法代替。我说：“去吧，家里的事，交给姐，你放心，在外面要照顾好自己。”他有些哽咽，“姐——”，又转过头，往站台深处走，走到黑的影子里，直到看不见。

我看着他瘦削的背影，眼眶再次热起来。我不知道为什么这样不舍、难过、不放心，大概对于弟弟的感情，不仅仅是姐姐吧！自从母亲去世，大弟弟六岁的我，担起稚嫩的肩膀所能担起的全部，如今回忆起那些一起度过的艰难岁月，一旦当起姐姐，又何尝不是同时做了另一个妈妈？从给他摇摇篮的时候开始，到见他说话口齿不清，带他一字一句说话，告诉他走路的气质，告诉他讲卫生，督促他好好学习，为他的成功欢喜、失败忧虑，为了他可以去与自己不那么喜欢的人待在一起，只为他能得到一席安寝……

如今回想起来，那段与弟弟一起长大的岁月，真的是生命中最宝贵的财富，毕竟，那样的纯真年代里，我曾忘乎所以地为一个和我流着同样的血却比我小那么多需要我帮助的弟弟付出过。弟弟是怎么看待他生命中这个又严厉又永远护着他的姐姐的呢？让弟弟来谈姐姐，他会怎么去谈？或者，姐姐——那个一直为他遮风挡雨的女孩，也想有一次可以躲在他的荫蔽之下？或者，其实，他也曾那么害怕姐姐离开这个家，更愿意为另一个人付出？有一次看电视，看到齐秦说起他的姐姐齐豫，说在他走歧路的时候，是齐豫不顾一切挽救了他，他自己的歌，还有烟火气，而姐姐的歌，则是最纯净安然的，像姐姐自身一样，那才是最好的音乐。听到最后作为弟弟的齐秦为姐姐弹的安静的吉他，往事一幕幕浮上来，慢慢觉得，这一生，能够做一个“姐姐”，那些付出，与弟弟一声懂得的呼唤相比，又算得了什么呢？

黑塞曾在病重之时，写下《给我的姐姐》：“我离开我的故乡，走到遥远的歧路上。我所熟悉的花儿，那些重重的青山、那些人物和土地，都已经完全改变。只有从你的嘴里，我听到往日的声音，获悉往日的事情，像神话一样可亲。”从这里我至少得到一些安慰，在弟弟的心里，姐姐代表着尘世百折不挠的柔情，和所有最悱恻动人的生命细节，她总是比弟弟和妹妹更早和生活短兵相接，流更多的泪、受更多的委屈，但这一切，比起她所心爱的弟弟妹妹们来，都算不了什么。

属于原生家庭的姐姐，嫁人了的姐姐，还会是心中最可亲的人吗？还会像以前一样一心一意爱自己吗？恐怕不会了吧？可是，谁会愿意眼睁睁看着那人世间最安稳的爱，被其他人从身边拿走？弟弟妹妹必须经历那个懂得姐姐自己也要寻求幸福的过程，才能真正长大。

三三的《小姨子》，就是从妹妹的角度写成长期眼里的姐姐，姐姐那么美好，“有什么好吃的、好玩的总是先想着我”，会举着运动会上拼出来的成绩。一支雪糕，飞跑过大马路给妹妹吃，哪怕这雪糕已经化掉大半；会一声不吭地将妹妹尿床后的地方睡干，在妹妹面前，姐姐多像一个小妈妈！可是，姐姐终究是要嫁人的，她也渴望爱情，当她不得不面对姐姐会将这份美好送给别人的事实，妹妹是没法接受这种失去的，姐姐的每一点变化，在妹妹眼里都是清晰且巨大的：“我经常看到她干着干着活儿，不知怎么就停下来，一个人在那儿静静地微笑。我不明白，为什么内心里盛了太多的东西，反而会变得沉默。有时，我甚至能感觉到，当姐姐轻轻从我身旁走过，她的衣角和发梢带着一种陌生而神秘的气息穿过空气。家里的每一个人，走路时都轻手轻脚起来，彬彬有礼地说话，互致会心的微笑。”多么敏锐的感知，如果不是从妹妹的视角来看，谁能确认，这个恋爱中的女孩细微的变化？因为担忧失去，所以才会涌起种种莫名的忧伤，才会自己给自己闹别扭，才会有各种各样的小性子，直到她开始明白，每一个人，终究要走到那个与血缘隔离的小圈子里，就像一条大河奔流，终究还是要有无数的支流，去滋润不同的绿意。

那个让姐姐的眼睛波光潋滟的人，一开始，当然是得不到妹妹的认可的，不管他有多英俊潇洒、风流倜傥，也不管他对姐姐有多好，他突然插入妹妹依赖着的姐姐的生活中，就像一股骤风吹皱平静的湖面。然而，终究，湖面还是要平静下来，妹妹也是要长大的，她必须学会祝福，才能真正懂得，让自己爱的人幸福，才能让自己的幸福长久。

我们渴望长大，我们又拒绝长大。但时光不会因为我们的渴望与拒绝而停留，当姐姐成为妈妈，有自己的孩子，妹妹也会有一个自己的家，自己的孩子，把她情感的天平倾向新的领地，慢慢地，岁月让过去的一切模糊起来，那些曾经的美好，永远停留在那个青涩的阶段，充盈、宁静而悠长。

弟弟在火车站离去的背影逐渐消失在夜色里，我的目光从怅然里收回，街市恢复了热闹喧嚣。生活这条河，继续奔流、转折，一如从前。

朱颜如梦

大桃路上的“容颜美”，是艳开的第四家化妆品连锁店。一切都是新的开始。

从沅江南大那个小镇一个小小的门面，门可罗雀，到赢得每一个进店人的尊重与信任，一个一个地方扩展。每一家店都倾注了她全部的心血，而她做的，无非是让自己和其他女人葆有美丽的事业。别人好奇于她对这一事业的执着，我却深深懂得，她对于青春常驻的固执追求，尽管那看起来，只是一个无法实现的梦。事实上，她已经实现了许多别人看起来都不能实现的梦，比如，找一个深爱自己的丈夫，生两个聪明懂事的孩子，赚些活得滋润的银子，去一些特别想去的地方，与一群美丽的人为伍……她的皮肤仍像少年时那样光滑细腻，她的笑容依然明朗清丽，丝毫看不出岁月沧桑留下的痕迹，看起来，她的人生如此完满，有谁知道那一路走过的艰辛？如果不是足够倔强，她所获得的一切，怎么去获得？我看着那翠绿底色的店面招牌，还有她忙忙碌碌打理店子生意的身影，想想这些年彼此走过的路，鼻子总是泛起些酸。

对于我，她有另一个特别的名字：妹妹。相比于别人家姐妹之间的亲密，我们更多的是朋友之间的理解、亲人之间的支持和战友之间的鼓励。她使我觉得，人生在世，有一个妹妹，是一件多么美好的事。

关于她的故事，或许该从她十四岁生日那年的春天说起。之前的岁月，都是混沌不明的，直到母亲去世。她退学，与继母闹翻，离家出走，到汉寿学做缝纫，到武汉学洗头，都是住在亲人家里。虽然得到关爱，毕竟寄人篱下。好在天生倔强的性格，使她反而在这样的经历中少了林黛玉那份自怨自怜、敏感多疑，多了一份淡定明朗、清晰果断。在其中，她领受爱，也领受冷漠，看尽世间百态，正好成就了她日后的人生格局。年少时她喜欢看各类小说，尤其武侠，自己也曾动笔写下一叠一叠的稿子，如果不是因为母亲早逝，说不定新一代的畅销书榜里，也能挤进她的名字。这一切一切的经历，竟渐渐地促成了她性情中的“使气任侠”，后来开店，遇到各种难缠之事，均能一一化为无形，凭着的便是这股侠气。

我的笔下，写过许多奇特的女子。细细想来，最奇特的，难道不是她？

如今每天，我下班穿过大桃路，从她做的那间全绿色透着清新的精致门面前经过，有时会邀她去逛逛街，有时会走进去打听下生意，有时只是看一眼她的身影。不管她的事业做得有多大，令人欣慰的是，她依旧保持着当年的节俭习惯，面对那些自己很喜欢但并不是必需的东西，完全能够消费的她，眼里闪着喜爱的光，却总是理智地离开。她的衣柜里一向清爽，饭桌上也总是简洁。她几乎没有应酬，早睡早起，单纯的生活使她年少时的美丽依旧灿灿生光，而质朴的笑容还是那般恬静安然，看上去，岁月似乎从来不曾苛待于她。

与妹妹相对无言坐着时，我会静静地看着玻璃门外的街市。在爱美且坚韧的人面前，时间多少有些无奈。街市与人不同，街市的变迁，如同一朵花开放又凋落。街市的面容，在一年一年流逝的光阴里，悄无声息地变换，除了消费时走进一个又一个店面，谁会留意别人的兴衰？

十五年前，市政府大楼还没有被沃尔玛取代，益阳剧院的大牌子还赫然挂着，幽静旅社边的小巷子里也还有各种老益阳的小吃。一到夏天，巷子里三教九流的人进进出出，使这里充满了玩笑与真情、谩骂与争斗、嘈杂与混乱……身处其中，常常听房东老板娘说起路过的各色人等的故事，仿佛每天上演着另一部更为精彩的《上海滩》。

那时候市一中在我眼里还是一个怪异的存在——处在这样的繁华都市的中心地带，接轨着上层政权与下层民众，没有早晚自习，没有周末加班，但是年年都有考上清华北大的学生。每次乘公车，在邮电大楼的那一站下车，远远望着一中那块蓝色镜面为底的牌子，望着从高高的围墙里伸出手臂来的各种花木，无法想象它是一个怎样的所在。可是，老弟在里面读书，为了陪他，我们要挺过三年最艰难的青春岁月。很奇怪，那三年，我居然没有踏进过一中校门一步。

在我们的一生中，很多地方，我们都只是远远望着，连尝试接近它们都会让自己愈显卑微，那时候，贫穷困窘如我，更是如此。那时候，对于我而言，一中是一个做也不敢做的梦，而拥有一个漂亮的属于自己的店，对于骑着一辆破烂的自行车走街串巷卖书的艳，也是绝不敢奢望的未来。许多年过去，当一切可以触摸，那些曾经光鲜的门店、那座威武的政府大楼，还有那条巷子里赫赫有名的幽静旅社，却永远只能是一个名词性的存在了。

人生的奇妙，在于它在勇敢者面前总会展开最奇丽的一面。《中国好声音》里的帕尔哈提说过一句话，大意是他没有什么理想，理想是走着走着就实现了的。五年前，我再次来到这里，政府大楼已经搬迁，沃尔玛超市的入驻使桃花仑的热闹更胜当年。当我再一次走过幽静旅社那条依旧狭窄破烂的巷子，看望房子破旧容颜亦已老去的老板娘，和她说起我们十年的过往，往事如泉涌。往昔的辛酸与痛苦，成了后来生活的调味剂，它在培养人某些高贵品性的同时，也使人陷入热闹中的孤独、欢乐时的冷清。

再仔细看她创造的“容颜美”三个大字，闪闪亮光里透着自信与坚定，每一笔每一画，都是走过风雨的见证。而看她的容颜，却永远写着“妹妹”的干净天真。

五年的时间从桃花仑走过，从超市、菜场到衣店、鞋店，直到今天，我才开始爱上这片热闹喧嚣、人间烟火。我渐渐懂得，任何一个门面的故事，都由一个像我的妹妹艳一样的人写就。

这些天，雷雨常常不期而至。每至此时，我总是想起母亲去世那年夏天的若干个晚上，姐妹俩躺在屋檐下的竹床上，听雨声说话到深夜的情景。那时候，朱颜如梦，美得令人心醉。当初真的不曾奢望，时光在行走中老去，一切却依然可以保持最初的美好。

相　思　鸟

与海一起去看一个朋友，路过一家珍禽店，里面鸟声清脆，让我不由驻足。老板使劲介绍羽毛漂亮长相高贵的绿鹦鹉。林黛玉不是有一只鹦鹉吗？好像是知情知意的鸟儿。只是我没有黛玉的那份要与人诉说忧伤愁绪的情怀，所以还是不要养它吧，更何况还很贵呢。我的目光被鸟笼底层的一群小小鸟吸引住了。它们互相紧挨着，喙是红的，乍看像是流出来的血，羽毛的颜色很好，爪子细小透明，有一种秀丽的美，很是招人喜欢。我就问："老板，这是什么鸟啊？"老板说："相思鸟。"

我吃了一惊。这么美的名字，那种让人刻骨铭心的痛怜，如此恰到好处地在这种鸟的身上体现出来！我仿佛看见了那个相思的女子，日日盼望着心上人的归来，当她低眉回首，一只清丽的小鸟落在她的西窗，定定地望着她，多像她心上人的眼神！她心神一凝，呕出一口血来，正喷在小鸟的嘴尖上。其实，她那心上人，也在日日地思念着她，这只小鸟正是心上人幻化出来的，她也知了，就变成了另外的一只，嘴角上还有残留的一点儿红，与那只鸟正好配了，从此得以双宿双飞……

想到这里，我决定买下。只是，我平时既不会侍弄花草，也不会豢养动物，所以还是有些犹豫。海看我实在喜欢，就说：“我负责养，你负责看、逗，不会烦吧？”就这样，生命中第一个属于我自己的动物被我欢欢喜喜地领养了。

很想像冯骥才先生养珍珠鸟一样让它们自由地在我的窗前筑窝、在我的笔端逗趣，可是还没养熟的鸟会飞离我，永不回来，于是只能先关着。海把笼子挂在挨近窗前的树上，那里绿荫浓密，清凉心脾，是鸟儿安家的好去处。我们每天起床，先就听见相思鸟清脆的啼叫，那小红嘴从绿叶里露出来，小小的脑袋、宁静的眼神、成对的相知相守，每天给人的都是好心情。

一个学期结束，暑假来临，我们要远行，鸟儿怎么办？提着到处跑吗？一想到心爱的鸟儿无着落处，我就莫名心烦。同楼的一个老师的孩子也很喜欢我的那对鸟儿，听说我们要出远门，天天来央求我们给他养，并发誓说一定会养得比我们更好。也没有更好的办法了，就只好托付他，走时千叮万嘱，买足了粮食，希望回来时它们能更漂亮。然后我们就恋恋不舍地走了。

在外待了半个多月，我一心要回来看我的鸟儿，就提前结束了行程。回来那天天气很炎热，白花花的太阳照得人昏沉沉睁不开眼。跑着上四楼的，敲开那家的门，他们家的红漆地板在那天显得特别刺眼。我问：“我的相思鸟呢？”小孩子满面愧疚地提着笼子出来，我的心就那样沉下去了——笼子很脏，里面只剩了一只，是那只雄的，对着我凄婉地叫。“姐姐，对不起，你们走后，这鸟儿不听话，总是扑腾地撞笼子，我以为它们病了，就打开笼门抓了一只来，谁知道它一下子就挣脱我的手飞走了，再也没有回来……”我能说什么呢？看着笼里孤单的它，真正在承受着相思之苦，我一句话也说不出来。那一刻，我真恨自己，恨自己丢下它们不管，恨自己为了一己之爱，剥夺了它们的自由，恨自己不懂它们的心。

我把那只孤单的鸟带回家，又养了三四天，终日看着它忧伤的眼神，心里最是凄凉不过。天阴了，还下起了毛毛细雨，门外的树叶在秋天仍是青翠欲滴的。忽然，我听到了一声清脆的鸟鸣，笼里的鸟应和了一声，又专注地侧着耳听了一会儿，兴奋地跳来跳去。一瞬间，我一咬牙，打开笼门。小鸟倏地飞了出去，很快没入林中不见了。它去寻找它的爱，飞走时多么欢快！

我抑郁了一段时间的心，因为笼子的空荡而明亮起来。此时方知，有一种爱叫放手。爱一个人，不一定要拥有他。爱，更好的保存方式是储藏，只有放手让他去寻找自己的幸福，你才能得到真正的幸福。

这么多年过去了，我常想起我的相思鸟，不知道它们的孩子有多大了，还幸福吗？愿它们过得平安、快乐！

孟夏夜漫笔

日月嬗递，季节交替，一转眼又是孟夏。

孟夏时草木茂盛，阳光与水分皆充足，万物都活跃起来。于是，某些隐藏的情绪也随着流速加快的血液悄然而至。深夜不能入眠，给朋友发短信说，近来心绪不宁，惶惶然若有所失，文章也写不得，事也做不了，心里只是不安稳。

朋友回说，心绪不宁时最好捧书夜读。

此时，我正在读着。读到普里什文，目光与一句“不事经营的爱没有生命”相遇，转而仰头看窗外，夜空深邃高远，心中惘然若失。晚风送来此起彼伏的蛙鸣声，瞬间自失。

最近老是梦见自己在前不着村后不着店的荒山野岭上奔跑，跑着跑着，漫山遍野的花就开了，然后，草和树高高矮矮地长起来，天上的云也随之而变幻着各种形状。暮云春树，满眼青翠，因此，虽然迷路孤单，虽然有丝丝缕缕挥之不去的怅惘，却并不恐惧。

昨晚的梦境却有些特别，是拖着行李去赶飞机，结果发现丢了这样那样，拼了命地往回奔，跑着跑着又到了以前梦里的山上，站在山岭，眼看着飞机从头顶掠过，任我怎么呼喊也无济于事。我呆呆地站着，看满山布满阳光的绿叶子，忘了身处何方，心里溢满了挥之不去的怅惘忧伤，无边际、无着落。

醒来时，是黎明时分。晨光微露，四野阒静，空气温润。那情形，竟与梦境颇有几分相似。心中有莫名的“爱”的感觉萦绕，只觉得想拥抱这并不完整美好，有时甚至还令人有几分厌倦的世界。我知道这样的感觉太矛盾天真，但它却又自自然然地存在于我的心里。

虽然我一直不知道“爱”究竟是什么，心中却有一种奇特的体验。凡“爱”所到之处，仿佛和风轻拂，恰到好处的温度与湿度包裹着全身，使人可以在冥想处看到俄罗斯北部清冷的山冈，或是富士山顶的积雪，听到林中水滴的声响，逝水深流，飞鸟不惊，一切都那么舒展、开阔。所谓爱，大概没有谁可以下一个准确的定义，只是，能感觉全部美好事物，对生活中的种种复杂的关系有深刻的体验，包括这永远看不完的书籍、体会不完的思考，甚至永不停息的喧腾。

然而，人世间的“爱”终究难以获得。因为真正的爱还不仅是自然情感的流淌，更重要的是需要诚挚心灵的经营。如果在爱中，掺杂了某些东西，譬如，利害、得失、权力、嫉妒……即使它只是些微的，平时几乎完全不见，但一旦遇到生活的变故。以前以为纯净的心灵，立刻就会蒙上灰尘，小小的考验也会令爱不堪一击。

前段时间，与一个很要好的朋友“割袍断义”，倍受打击。当然，毅然割袍的人是我，很微妙，以上任何原因中的一个都足以让我做得如此决绝。在我看来，那样的词语绝对不应该出现在我们之间，理由很简单，我们是朋友，在一起工作生活了四年多，多么亲密无间！那天雨下得很大，我与以前的两个小同事出席一个老师的生日宴会，坐在席间看到热闹的众生，回想曾经付出真心的过往，竟然再也忍不住地泪流满面。

事情过后的几天里，我一直闷闷不乐，又无处可诉。有一天午睡，竟然从梦里哭醒，枕头都哭湿了一大片！醒来又哭了一场，哭完之后，我才真正从“断义”的阴影中走出来，如往常一样说笑。人的成长，大概就赖于这样一次次“爱”受挫折的经验吧。

朋友之间的爱如此，夫妻情人、父母子女之间又何尝不是！先前有一位同事患肝癌，晚期，拒绝治疗，怕最终人财两空。但人对生命毕竟是不舍的，所以，在他妻子的坚持下，半年里跑了很多地方，几乎倾家荡产，结局却不是赚人几滴喜悦的眼泪，而是他事先料定的悲凄。他的妻子是一位善良淳朴的女人，相夫教子，不见有什么特别，但在“爱”的面前所表现的坚定深沉，令所有人惊叹。而另一位外校的朋友，年前查出肝坏死，其妻却在这样关键的时刻提出与他离婚，还以一心工作为崇高的借口拒绝去医院探望奄奄一息的丈夫。她对“爱”的定义可能正是那句“夫妻本是同林鸟，大难临头各自飞”吧！

日常的生活里，前者很少把爱放在嘴边，只是平凡甚至平庸地生活着，后者却时时说他们怎样的相爱甚笃，随时随地都要秀出他们的恩爱，恨不得全世界都羡慕他们的幸福——这讽刺，难道不也是一种隐喻？

我们来到人世，除了“爱”父母子女，“爱”世界自然是天经地义的事，寻觅一个懂得爱、称心意的人，朋友也好，爱人也罢，都是一个艰巨的工程。世界之大，然而真正懂得爱的人，有多少呢？而懂得了爱，又能好好地去经营爱的人，更是微乎其微了！

要知道，我们从大地上走过，生命的痕迹很快会被后一浪抹平。关于生命的意义，实在寥寥。若说存在过，唯有爱可以为证。这样，即使迷失在荒野里，我们也不会感到害怕，一如我在梦境中的遭遇。

辑二／欢年云散

椿　　晶

晌午时分，太阳的光线渐强，那些在夜晚降临的露珠，悄然没了踪影。草叶由湿时嫩嫩的绿变成了有点儿暗淡的黄碧，田野上一声不响地冒起了一丝丝蒸汽。风一忽儿东一忽儿西地从绿野的草尖上掠过，庄稼此起彼伏，农人们伸了一下腰，抬头看天，天是一色的蓝，一两朵白云飘着，农人的心里像淌进了一泓水，霎时明净起来。

于是农人回家喝上一碗早晨熬好冰在井里的绿豆粥，喝完，碗还是黏黏的，来不及洗，就背上锄头又开始了劳作。夏天的工作永远在上午和日落之时，他们趁太阳不毒烈，与时间赛跑。土里的杂草除了，翻一遍还要放上白菜种子；天干了，要挑水来浇，才能让菜苗长得鲜嫩；田里的稻子要除虫，要扑花；橘林里的橘子已经结出了很多，很快会压低树枝，树下就要打下一根根撑起它们的桩；一排排豆荚架上，长长的豆荚已长满，要摘了……大人们忙碌时，孩子们也不闲着，里里外外，能拿起的绝不放下。所以，村庄里的孩子一个个黑黑壮壮，风吹草长。

忙碌了一上午，家里升起炊烟，女人已经做好饭，孩子回来，光着脚从烫烫的路上精灵一样跑过去，站在池塘边对着父亲的方向，双手合成喇叭状，敞开嗓子大喊："爸爸，回来吃饭了——"男人答："哎，回来啦——"远远的一喊一答的回音里，孩子的满意圆润全印在了记忆里。

待到午饭一过，温度升高，村子就完全处在了一片蒸汽里，仔细看，空气中有一种闪烁不定的流动的焰火。尽管热气笼罩，疲倦的农人们对着大门，仍睡得香甜。一缕穿堂而过的风如调皮的天使，一忽儿摸摸这儿，一忽而弄弄那儿，把静静的堂屋装点得热里沁凉。

整个村庄的人都睡着了。所有的狗也懒洋洋地卧着，半眯着眼，些微的一点儿动静再引不起它们好斗的情绪。蝉也噤了声，明媚的阳光从树隙里筛漏下一个一个圆点，亮亮的，有些晃眼。椿树已经长得老高，笔直笔直，有点儿要插入云霄的势头。叶片绿里透着暗红，肥肥的，像打了蜡一样透光，发出一种清淡的香味。它们有的一排排立在田沿，另一些散乱地布在人家的房前屋后，参差不齐的树尖把整个村子拢在怀里，使村子也因此得了几分阴凉与舒适。

那时我在屋后的香柚树下摆了一张桌子，趁父母午睡就跑到这里来看书。香柚树的叶片是墨绿色的，硬硬的，像塑料，叶与叶密密地挨着，阳光几乎全被它的华盖遮住。由于它的枝很粗，有时我也会爬到树上，找个分叉的地方仰躺着眯一会儿眼，不过，寂静里的声响在召唤我，不要多久，我就会将村庄里所有的林子都逛遍，先是打酸枣、捉蝉蜕，后来又发现了一个其乐无穷的世界。从那以后，那种夏日午后的寂静给我带来的孤独感，不再使我害怕。

那是椿晶的世界。

我是在找蝉蜕时发现这个世界的。本来蝉蜕在香柚树上最多，但那天我被臭椿树的味道吸引，顺便看了一眼它光了一大截的树干，一些亮晶晶闪着五色光彩的东西闯进我的眼睛。我凑过去摘了一个，用拇指和食指轻捏着它，对着阳光看。天啊，那小小的晶体里流动的波光，令人沉醉！放它在掌心，温润如玉，像一朵盛开的钻石花。于是我一只手轻轻地托着，另一只手将这棵树上其他的晶体全摘了下来。我迫不及待地将它们摆在书桌上，总共五六件，形态各异、晶莹剔透、璀璨夺目，把人带进一个由光组成的神秘海洋。

自从发现椿晶后，我就开始满村子寻宝，一棵椿树也不放过。不是每一棵椿树都会有椿晶，结了的，也不是每一个都很成形，即使大自然的手再灵巧，要做成一件美丽的“成品”也不是件容易的事。夏日午后的阳光，由白渐渐转黄，但每一丝光线都干净得找不出一丝杂质，就像那些椿晶发出的光，这使我连同炎热的午后也一并爱上了。我两三天一遍地去摘，从一棵树到另一棵树，每一棵的树皮都被我的目光一寸一寸地抚摸过。那些树，哪里长了疖，哪里有刀痕，哪里脱了一小块皮，我都了如指掌，我仿佛与它们结成同盟，它们也总是毫不吝惜地为我奉上最美的椿晶。为此我常常自言自语，这块像什么，那块应摆在哪儿，像着了魔一样。现在回想起来，大概人对于光华的迷恋是与生俱来的，所以也就不难理解为什么那么多人沉迷于流光溢彩的钻石了。

两三周过去，等收藏的椿晶满了百来件，我就自制了一个竹架，套上三块玻璃，一件一件摆上去，满满一架子，简直就是童话里的水晶世界。

可是，夏天过去秋天来临时，天空里蒙了一层浅浅的灰。要开学了，我要忙的事情也多了起来，渐渐的，这些曾经被我珍藏的宝贝不再那么“受宠”，椿晶的光泽就在岁月的悄然流逝里渐渐地消失了。待我冷落了它们一大段日子再去看时，它们每一个都变得干瘪瘪的，毫不起眼，还有点儿黏手。开始我还不以为意，就用手去拭，谁知它马上粘了我的指纹，更加丑陋了。于是，那一架子椿晶，不知不觉就没了去向，就像那些在生活里不知不觉消融了的爱。

冬天和春天，我忘了曾经让我心动的美。又一年夏天来临，又是一个椿晶的盛季，又是一个编织爱与梦的季节，椿晶依然在我的架上，为我排遣整个炎热如火的夏天的孤单。

年复一年，面对椿晶，我热情澎湃，冷却，再热情澎湃，再冷却，然后，岁月轰然一声呼啸着而去了，等我回过头来看时，那些被椿晶点亮的日子，还容纳了我年少时的各种绚丽的梦想啊！当一个新的夏天来临、当阳光由明媚的干净转为让人忧伤的白朗、当椿晶不再是夏天寂寞午后的唯一排遣，甚至于当我完完全全地将这一切忘记，我把生命投入了另一场拣拾与搏斗，把命运的最后交给毫无前兆的一纸通知。我每天百无聊赖地坐在大门口，任凭汗水滴滴渗出，我知道我已经悄然长大，长大意味着把过去交给老去的灵魂。那时的阳光是我这一生中最白的，整个世界都被白淹没，笼罩在一片虚幻里。椿晶还在树上闪着光诱惑我，我为自己的逃避找到了一个借口——我已经成熟，不复儿时的稚嫩。然而成长的代价是越来越多的重负，让我快乐不再。

那是最后一个有椿晶的夏天，尽管它们已很久不是我台上的“明星”。从那以后我就永远地走出了村庄。但即使我赢得了整个人生，也无法弥补我失去的那个夏天，失去椿晶时出现的瞬间空白。如果不是它们，我永远无法感受到大自然向人类心灵灌进去的一种不可克服的永恒的爱，那是一种对真正伟大的、平凡的，比我们自己更神圣的东西的爱，那是只有完全把心交给大自然，才能得到它完整平等的回馈的爱。

谷　仓

昨夜在梦中，竟然见到了父亲的谷仓。

去年的这个时候，父亲为了将房子装修一下迎接儿女们回家过年，在犹豫了许久，征得多方同意后，终于把房中床后的那个高高的谷仓敲掉了。当时他打电话问我要不要留下来，我毫不在意地说："敲掉吧，反正您也好多年没种谷了，那个东西太占地方，放在房中也不美观。"父亲闷闷地"嗯"了一声。

过年回家时，房子漂亮了、舒适了，可睡在家里的第一个晚上，心里却空荡荡的，总觉得丢了什么东西，翻来覆去无法入眠。仔细一想，原来是床后那堵笃实的谷仓墙不见了！多年来，我家的床都是靠谷仓而设，高高耸起的谷仓给人以安全感，我们枕着谷香入睡，感觉特别踏实，而夜里听惯了老鼠们在谷仓里打架、追赶、谈笑的声音，也会编起与老鼠相关的童话，又平添了几分乐趣。

谷仓是从堂屋里打开一个口，凹到房里去的。方口的坎很高，用水泥做了框，留了两条槽。方口的门是由十块木板拼成的。木板并不十分规则，只有按木匠规定的顺序才能达到最小缝隙，于是父亲用毛笔在上面写着大写的数字。父亲的毛笔字很漂亮，配上黄褐色的木板，极像一幅书法作品。每次开仓一框框地放进金灿灿的谷粒，父亲的脸上都会有一种志得意满的神情，那时的父亲高声谈笑，和蔼幽默，是世上最好的父亲。谷仓很大，因为没有开窗，里面黑魆魆的，所以我们很喜欢在里面玩捉迷藏；又因为里面常年堆着谷子，或多或少，软乎乎的谷堆虽然有点儿刺皮肤，却不会摔伤，所以我们喜欢在里面嬉戏。既可以游戏又能填饱肚子，理所当然的，我们也理解了老鼠和猫喜欢来谷仓的原因。

开仓意味着收获——有时是放进新谷子，有时是掏出旧谷子，或吃或粜，或者是腰包充实了或者是肚皮充实了，快乐也就随之而来，那些日子是生命里最难忘的啊！所以，我们特别盼着开仓——一切与粮食相关的事，都会令人感到充实、快乐，连灵魂都会沾了谷子的气息，飘出香味来。

回忆起来，整个生命都是灵动的！谷子开花时，正是缺水的季节，为了给稻田浇水，每一个闸口都开了，渠道的电机响起，每一条渠道里都装满了清亮的水。渠道是建在废堤上的，堤坡上还有及人深的丝茅，以及一些野花，我们放学回家，脱了鞋袜，蹚着这样的水，脚底感受着清凉，脸边吹过有草香的微风，耳里听着田头垅上农人们此起彼伏的吆喝，头顶的烈日也不在话下了。所以，每年稻花开时，孩子们就盼着天旱，盼着渠道口的电机轰隆隆响起来，渠道里的水清亮亮淌起来。

收谷子时，小孩子们是抱禾把的。在湿漉漉的田里抱起一抱饱壮的禾送到打稻机前，看着谷子一粒粒地飞落下来，满身的泥水，累得直不起来的腰，也都不值一提了！收割完，田里留下一道道拖动打稻机的辙印，和满田的大人小孩子的赤脚印，下雨天每个脚趾和脚跟印里都装满水，印着天光，仿佛一个个忙碌的生命在仰躺着享受难得的悠闲。而那些稻草，早已在田边晒干，堆成如小屋的几垛，静静地立着，从容地等待它的归宿。

那些稻谷呢？它们走向了禾场，又从禾场走进了谷仓。我们家的晒谷场当年是父亲用捡来的牛屎糊的，绿茵茵的，很平滑、很干净。父亲说，用这样的地晒出来的谷子特别香，它有阳光的味道，还有禾叶的清香，这样的晒谷场，是大自然的恩赐。父亲说这话时，正在眯着眼睛看太阳，他的语气里有一种对大地无法言说的眷恋。是啊，每当湿湿的谷子晒在禾场上，整个村庄都弥漫着那种泥、草、谷和人的气味夹杂在一起的香，那是令人陶醉的家乡与粮食的味道，林清玄谓之“阳光的味道”。晒谷时，我们整整一天都要守着谷子，不停地翻动，太阳一猛起来，每一次翻动都有地气冒出，轻轻薄薄的，像纱。傍晚时的夕阳正好加重了谷子的黄色，它们简直是金灿灿的了，一大堆像小山一样。小学时读到“金黄的谷子堆成山”，觉得简单的笔墨竟可以如此传神，于是连带语文也爱了。

谷子还要经过扬场。风车是最原始的机械。母亲扬场不用风车，她一簸箕一簸箕地端着，一下一下地抖动，奇怪的是，里面的瘪谷和禾叶全掉了，谷却居然可以一粒都不掉！当年我对母亲的这一手艺真是佩服得五体投地，学了好久都学不来，只好放弃。

入仓后的谷子沉睡了。父亲把它们看得比生命还重要，没事就会打开仓看看，检查检查，以慰藉他一年来的辛劳。多少年来，睡在谷仓旁的习惯让父亲感觉踏实，他的踏实感直接影响了我。那些写着大写数字的黄色木板对我而言，与谷仓无疑有着某种不谋而合的相契。于是梦中的谷仓，先是以木板的形式出现，再是灰色的仓，然后是谷粒。

直到此时，我才明白，父亲为什么会闷闷地“嗯”一声——对于我们而言，生命里有些东西不是直观的必要，但它已经成为生命的一部分，为什么我们要到年老时才知道，我们其实是一边行走一边在丢失？

灯　火

电线牵进我们村子的那一年，我六岁多。我们家是一间一耳房，兼一个灶屋的泥坯房子，加上祖父，一家六口人住着。耳房房顶用两片亮瓦开了个天窗，昏暗处的明亮显得格外珍贵，加重了我童年时对于光线的喜爱。祖父住耳房，关了门，度自己的光阴。我们住父母的大房间，两个床丁字排开，床前挖了个地窖，用来存放红薯、橘子之类的东西。窖顶置了一个木盖，不能隔音，晚上睡不着的时候，可以听见地窖里隐约有蛇爬动声音，和着墙脚永不停歇的虫鸣，组成黑暗给我的最初印象。

秋天风很大，屋顶上的茅草一不小心就被吹飞了，父亲便借了梯子爬到屋顶，重新将茅草理顺，在上面压上一两块大石头。风不能揭走茅草，就溜到房子里来，东蹿一下，西蹿一下，把屋子里的煤油灯摇得晃晃荡荡忽明忽灭，屋子里各种东西的影子跟着走来荡去，破坏我们就着灯光做手影游戏的兴致。风很凉，从袖子里钻到心口，某种后来被称为萧瑟的东西就在心里面长了出来。母亲总是对我说："把灯盏移到避风的地方，晃来晃去我看不清楚。"这时母亲在纳鞋底，或者搓麻绳。有时她纳几针就把针往发间拨弄几下，她的头发蓬松、浅黄，针一弄，更乱，却无意中蒙上了一种母亲独有的意绪。有时一根根绿色的被括了皮晒干的麻在母亲手中翻滚，跳舞一样，不多久就变成两股相绞的粗粗的大绳子，能卖个好价钱。时间一久，灯芯上结了灯花，她就用剪刀去剪。我说："不要剪啊，有灯花屋子还要亮些！"母亲说："灯花太跳了，也浪费油。"我便瘪着嘴在一旁不满，我就是想黑夜不要那么黑、那么安静，除了睡觉，漫漫长夜，不是还应该可以做更多的事吗？

这时候母亲就会说起她自己的父亲——我的外公的故事。她说："外公走江湖，有一次，天色已晚，山岭之间，无处住宿，远远看见林子里有灯火，便走拢去，是一个木头房子，有喧哗的人声，那无疑是远行客的温暖与依靠，他便毫不犹豫地敲了门，谁知道荒山野岭中的这点灯火里，印着十几双寒光闪闪的眼睛。"

听到此处，我的心紧起来。冷风一吹，全身起了鸡皮疙瘩，此时灯火又在风中扑扑地倒，仿佛随时可能灭掉。我赶紧用双手挡住风，盯着母亲的嘴，怕她继续说，又怕她不说。母亲说："鬼都只与人单会，譬如女鬼就专门等独身的男子，而晒垫鬼则在夏天的傍晚立在打谷场上，高高的，一声不吭立着，根本让你看不清它的脸，所以你外公遇到的当然不是鬼啦……"我松了口气，却又心有不甘，宁愿遇到的是鬼呢，一屋子的鬼在开会，不会更有意思？难不成那么俗，灯火带来的果真是温暖与安全？……胡思乱想着，母亲笑着挽上掉下来的刘海，说："是一屋子的强盗！"

灯火又跳了几跳。黑色的夜围拢过来，几乎将幼小的我和灯火暗影里的母亲吞没了。

“他们抽刀，你外公也抽刀，顺手抄起门边的一条长凳，几十个回合，就把十几个人全撂倒了。他们就乖乖地把最舒服的床让给了你外公，并且奉上了热汤。哦，忘了，那是一个冬天的夜晚，天特别冷，屋子里除了灯火，还有一堆熊熊燃烧着的大火，众人在烤火，眼里的寒光比那夜的风还冷。”

母亲细细的语声里有一种得意，而我心间填满的是英雄主义的信仰，眼前跳动的火苗，似乎就是外公遇到的那一束。这样的故事比聊斋里女鬼捉人和画皮的恐怖要少，又比简单的除暴安良要多，还那么近，自然也慰藉了我小小的心。

村子里牵进电线那天，我们家最后安装。

黄昏，晚霞在西天里变幻形状，蜻蜓在空中低飞，父亲和母亲将包着红色外皮的电线牵进了家。安装完毕，大家特别紧张地等待拉响开关时传说中的如白天一样的光明冲破黑暗到来。太阳落下去，夜幕降临，黑暗正肆意蔓延，屏声静气里，父亲拉响开关，“咔嚓”，房子里瞬间铺满橘红色的光线，不是任何想象过的样子。各种平时在夜晚时藏在暗处的东西全显出来，在橘黄色如水一样均匀漫开的光的润泽下，一下子不再只是物品那么简单，仿佛它们全都能说话了，不过暂时颇谨慎地保持着沉默。

从此告别灯火摇曳明灭不定的时光，虽然厨房里一直保持了很多年的五瓦灯泡的昏暗，但房间里却是明亮的，明亮的夜晚，读书的时光多了，各自安静做事的时光多了，听母亲讲那些鬼鬼怪怪故事的时光少了。所有对这个世界的认知，通过文字的渠道实现。我开始迷恋文字里的生生死死，对生命构成的世界充满当初外公看见寒光闪闪的十几双眼睛时的好奇。

夜晚有了光，那些肚子上面沾满油污的煤油灯在无声无息中销声匿迹了，连一直被珍藏着的马灯也不见了，停电的时候，一家人在黑暗里摸来摸去，发誓等电来了后要把油灯找出来，可是电一来，满屋子通明透亮，大家欢喜还来不及，哪里还记得找油灯的事！村子里的变压器总是坏，雷电之夜，狂风将树木吹倒，扑在电线上，导致整晚停电，也是常有的事，为了对付黑暗，我们发明了一种简易的油灯，用墨水瓶装煤油，剪一个圆圆的铁片盖在瓶口，中间穿根棉绳做灯芯，也能对付一晚。

然而习惯了满屋的光明，一个人面对灯火跳动的黑暗，便多了孤独与恐惧。有一晚，邻居炎生的祖父去世，做法事时，电忽然停了，灵堂里只剩下香火的红点与白烛的光焰。黑影之中，贴满墙壁的十八层地狱图，立时活起来，过奈何桥、下滚油锅、抽筋扒皮，厉鬼獠牙，森森可怕，加上那一屋子的来来去去披着白布的人，摆满贡台的法器、挂满屋子的冥钱，颜色越绚丽，越令人感觉凄冷可怖。这是我第一次对“死”之一词产生深刻印象，觉出阴阳之隔的无奈与悲凉。

回到家中，独自一人坐于简陋的油灯之下，再次回到光明稀缺的世界。隔壁的法事依然在做，锣鼓点子越敲越急，风吹动灯盏，火光噗噗地往一边倒，房中影像在越来越凄厉的鼓声中变幻着各种形状，一种叫作“孤独”的东西在某一瞬间根植到了我的生命中。那一晚，我做了一个梦，梦见母亲躺在棺材中，任我怎么呼喊她都面无表情地眯着眼，无边的绝望开始一层又一层地包围我，我从梦中挣扎着醒来。黑暗，伸手不见五指的黑暗里，似乎父母已经永远离开，那种场景真实地逼近，我的眼角流下泪水，渐渐从无声转变为咽泣，继而放声大哭，充满绝望的悲鸣。母亲找了半天火柴，划亮，用她手心的温度平息我，我才渐渐平稳睡去，但自此我知道了生命逝去的不可挽回。

后来，村子的田埂边不多远就栽上了一根电线杆，村子的上空横七竖八地布着电线，燕子一对对地收拢它剪刀似的尾巴憩息在上面，麻雀则一群群地肆无忌惮地排着，远远望去，真的就是一个流动着音符的五线谱。在鸟儿们叽叽喳喳的光阴里，老人死去、孩子降生。生命循环往复。霜重的夜晚，即使上牙床磕碰着下牙床，也会跑到别人家里去看黑白电视里的影像，守着一个单调的人影等他一个人津津有味地说完评书，字幕上出现“谢谢观赏”才恋恋不舍地踩在月光与霜同样白的路上。到多少年后才知道那个自顾自说着书的人，是单田芳，而那些年的动画片与连续剧成了无数人眼中的经典，才明白，正是那些灯火暗沉下去又重新升腾起来的时光，开启了最初的英雄梦想。

而一灯如豆，或者灯火阑珊，便摇曳出了这人间的千百种情味。

隐　身　衣

黄昏时候，天光渐暗，空气太冷，谁都不愿离开炉火到雪地里去，谁都不敢去吹那无辜跑着到处喊冤的北风，谁都不想被冰凌无端端地割一刀子。可是距离睡觉还早，时间实在难熬，那时又没有电视，连电也没有，只有一盏昏黄的煤油灯，在顶上敞口的玻璃灯罩里安静燃着，光焰时不时跳几下，似乎不甘心待在那沾了油污的圆滚滚的灯肚子里。

我们只能缠着爸爸讲故事。

爸爸有讲不完的故事，从三国到红楼，从西游到聊斋，但我们只要听隐身衣的那个。那是所有故事中最让人向往的一个，我们听得咯咯笑，笑到肚子发痛，泪流出来。一个寒冷的夜晚来临了，一个会梦见隐身衣的美好的夜晚也来临了。

说是从前有个败落的富家子，绰号叫黄蛤蟆，过年时去打年货，结果在回来的路上遇到一只鬼。鬼向他要东西玩，他便把爆竹插在鬼的口里，点燃一炸，鬼被炸跑了，掉了一件衣服在他筐里。他穿起这件衣服，结果妻子看不见他，邻居也看不见他，他便借此衣偷来许多金银，揭了皇榜，到军中杀敌如入无人之境，手起刀落，一手一个，解了国家之危，又娶了公主抛了旧妻。总之事事顺心，处处得意。谁知有一晚做梦，鬼来向他索要隐身衣，他一大意，将隐身衣还给了鬼，他自己想厄运要来临了吧？谁知又经许多波折，他竟然可凭运气处处逢凶化吉，仿佛他的隐身衣还在身上一般。

爸爸说故事，语调不紧不慢，抓人得很，且他自己也不发笑，只任我们在他滑稽的腔调里笑得死去活来。这故事最抓人的地方，当然在隐身衣上，隐身衣使人富贵显赫，使人可以为所欲为，把日子过得刺激有味。我们听爸爸讲完，总要再做一个游戏，说说要是自己有一件隐身衣，会用来做什么呢？因此这故事无端地就添了许多自己的情节进去，最后又全都化成是爸爸讲出来的。因为有了自己的参与，它就变得十二万分可信，毫无荒诞之感。所以在所有爸爸讲过的故事里，唯有这个，连他讲时的一声咳嗽或是一个皱眉我都还记得。

爸爸总不肯说他要隐身衣的用处，妈妈最无趣，说：“好端端地要隐身衣做什么？不如要一颗长生不老药好，若能让水灵的肌肤和眼睛永远不褪颜色，不比隐起身来吓人要强上百十倍？或者有御风飞行的本领也行，至少得一己的自由。”妈妈不要隐身衣，因为妈妈不太喜欢黄蛤蟆的那些事吧？想杀人便可杀，想偷盗亦可偷，人性的阴恶，即使藏得再深，也禁不住这样的放纵与诱使。后来我才知道，想要长生不老药的妈妈、想要自由飞翔的妈妈，偏偏是内心最苍凉的。她如今早已得到当时想要的一切了吧？有一晚我梦见我们生活的空间只是一个平面，这个世界有无数个这样永远没有交集的平面，妈妈就生活在其中的一个里，我在透明的空中看到她，叫她，她完全不听见，但她面色安详、满足，而且还是年轻时的模样。于是我又想，或许，离开了我们的妈妈，只是穿上了一件永远不会脱下的隐身衣？想到这里我不禁有些期待。

当时我的回答是什么呢？我说：“我还是要隐身衣比较好，当我不开心时、觉得做事丢脸时，我就穿上隐身衣，让大家都看不到我；我可以穿着隐身衣去所有想去的地方而没有后顾之忧，因为我所求不多，只要不冷不饿就行，隐身衣可以帮我解决温饱问题；我可以向我不喜欢的人做鬼脸，不怕被发现，也可以悄悄把为富不仁的人家里的金银，搬到穷人家里去；如果谁欺负了妈妈，我就穿着隐身衣打他一顿，哪天有人侵犯我的领土，我也可以为自己守卫……”

总之隐身衣的用处，就是让世人看不见你，这其实是一件很好玩的事，不是吗？你在这世界上存在着，别人或许偶尔能感受到你的气息，若非有心，绝看不到你，眼睛骗了人，人还不自知，以为“耳听为虚，眼见为实”才是真理。

儿时觉得好玩过瘾的事，长大之后细细想来，却别有一番味道。比如今时今日，我为种种俗事烦恼忧愁，以为天要塌下，而天下之人亦皆知我的天要塌下，有为之忧心者、有冷眼旁观者、有嘲讽拍掌者，然而静止不动，往观四方，人人皆有奔忙之色，人人都有各自的烦心之事，哪里看得见我的种种不称心不如意？！比如那次我在台上做主持人，聚光灯打下，我瞬间头脑空白，完全忘词，前人说完，我窘了半晌才把大意说出，晚会也才得以继续进行。此事我耿耿于怀数月，凡遇看过那次晚会者，我都绝口不愿重提，谁知偶然一次宴饮中有朋友夸我主持风格沉稳，临阵应变能力强，我提起忘词那段，大家都毫无印象！我因成功而喜或因失败而悲，在我，是全部的命运，自然严阵以待，在别人，每个人都在自我前行的路上，每个人都活在自己的喜怒哀乐里，谁认真在意过别人的风起云涌得失成败？

如此看来，对于别人而言，我们既是清晰可闻，又像穿上了隐身衣一般使人视而难见？人注定了孤独，就像黄蛤蟆，因捡了隐身衣的便宜，一路青云地这么上去了，人人都能见他，人人都艳羡他的成功，用现在流行的话来说，他真正实现了逆袭。然而，当鬼向他索去隐身衣时，他开始恐慌。他既靠隐身起家，也需要隐身来继续自我保全。这是一个多么巨大的悖论！一方面，人人都害怕孤独，希望别人看到自己，以别人的目光来证实自己的存在，一方面，我们又都希望穿上隐身衣，回归人本初的状态，这样，无论善良还是险恶，都得以充分展示，并给我们的人生带来专属的财富。

譬如我现在，听窗外淅淅沥沥的雨声，读我钟爱的书，一盏灯下，我开始回顾我的沮丧、耻辱和荣光，这个世界与我有了一个很长很长的距离，不可跨越。对于世上每一人而言，我穿上了隐身衣，我的另一个生命拉开了帷幕。

失散的欢年

运子比我大一岁半，是李家最小的女儿。李家是我家上邻，她的姑姑是我的伯母，这样一来，两家人又是脱不掉关系的亲戚。

本来做亲戚是一个幸运的事，可伯母护着自己娘家，邻里之间有什么矛盾，她总是毫不犹豫地为她家哥哥说话，如此，三家的矛盾便一日日加深了。很多次，父亲伸着脖子，额头上青筋暴起，与运子的父亲吵架，声嘶力竭，我伯父远远听见两家又生战火，便赶过来劝架，劝着劝着，伯父便对他的弟弟——我的父亲骂起来。因为他是教师，语气里自带着一种威严，本来在观战的我，只要听到他的声音，就像中了魔咒一般躲到门缝里，浑身动弹不得。眼见着他们两家人合起来对付我的父亲，并轻鄙坐在台阶上洗衣服的母亲，眼见我的父母满肚子委屈无处诉说，心中难过，却无能为力，我多么渴望自己快点儿长大，好可以为他们伸张正义。原本他们之间的矛盾也无非是两家共用的池塘要怎样分配鱼虾，或者一棵橘树长在两家的公共地带该归哪家之类的小事，无奈运子的母亲听力特别好，又最喜在墙外偷听，而恰好我家厨房有个大窗户，用纸糊的，正对着她家，小声说话都能传得老远，更何况村人喜欢大声，更何况还有意靠近了听？父亲母亲在家稍有怨言，她便添油加醋地去说与我伯母听，这才使伯父一家人也似乎与我们有了仇，对我家没有什么情分。

大人之间的恩怨，小孩子永远不懂，也不在乎，我们总归是童年最好的伙伴，时不时地玩到一起，相互间也从不计较。运子最喜欢到我家玩，可总是前脚刚到，她母亲的那尖厉的声音就响起来："运子，运子啊，快回来拾柴火……""运子，运子啊，回来看弟弟……""运子，去摘辣椒……""运子，你又跑到哪里去了……"她回迟一步，母亲一定骂起来。尽管我们并不知道含义，却也能隐约感受到羞辱，抬不起头。因此，她每次来都胆战心惊，而我每每也跟着担惊受怕。但这并不能阻止她来我家的渴望，她总是一阵风一样说来就来，说走就走，这样的来来去去，重复着整个童年，她扎着个马尾辫跑来跑去身影，像木刻般印进了我生命最初的图画。

我发蒙早，运子虽比我大一岁多，却与我同年级，可能也正是这个缘故，她握笔稳，字写得特别工整，每次放学回家，两人搬了小凳子一起写作业，我祖父总是要拿她做范本，批评我写得不漂亮。运子额前卷卷的刘海，噘着嘴一笔一画写着的样子，和那一丝不苟的笔迹，无不映照着她早于我懂得自尊的内心。但她不知为何，成绩总是比预料的更差，每到期末，总是我第一名，她差不多最后一名，这让她母亲在我伯父面前终究没法再坚持那种蔑视我家的傲慢，而她始终不多与我说话，即使处在一块，也总让人感觉有种不远不近的拒绝，大概也与此有关？

然而，在一个体力弱于同龄人的孩子眼中，成绩在所有"个人成就”里最不值一提，尽管她以各种理由疏离我，我还是愿意跟在她后面讨好她，渴望得到她的认同。东家的环子，比我小半岁，身材高大，有两个兄长，与运子势力相当，有些看不惯她的高傲，可因为她最小，大概更渴望得到运子的认可，这种矛盾的心情使她对我放下豪言，她要与运子一决高下。运子的权威将受到挑战，这于我是既紧张又期待的，暗下里免不了煽风点火，终于，环子写下战书，约运子在柴垛上打架，邀请我观战。我看运子成天一声不吭，以为她会回绝，谁知道她立马答应，并且很快在她家禾场上选好柴堆。

那是一个夏天的黄昏，禾场上天空的云以缓慢的速度变幻着各种形状，空气湿答答的，一些极小的飞虫扑进头发隙里，试图搅乱她们正酣的战意。运子站在她家柴垛上，冷冷地看着高大的环子，俨然她就是擂主。环子看了一眼运子，已经有些哆嗦，上去后对着运子站稳、提气，试图给自己信心，但我还是看出了她内心里无法祛除的怯意，而运子那种运筹帷幄、睥睨一切、胜券在握的神态，已在气势上胜出。环子伸出手来搭在运子肩上，运子也伸出手来搭着环子的肩，两个七八岁的女孩对峙着，此时，天空的云停住了，飞虫也不再猛劲儿扇翅膀，柴垛下的蟋蟀和树上的蝉却热闹起来，嚷成一片，也不知道究竟给谁助威。

或许是过于紧张专注，我的眼睛干涩得厉害，缓缓眨了一下眼。就是这一眨眼，再张开时，环子就被运子摔倒在了柴垛上。我至今都想不明白事情是怎么发生的，但据后来环子说，她也没想清楚为什么突然就没有了力量，倒了下去。从那以后，一向目中无人的环子就正儿八经成了运子的跟班，唯她马首是瞻。因为她年龄更小，跟起来也更肆无忌惮，她们两人读书都没有我厉害，每到大型考试，她就联合运子不理我，给我造成压力，让我不能因成绩胜了她们而趾高气扬，等大人们都忘记成绩这回事后，又转过来找我说话。但更多的时候，我们一起追随运子，从村东头跑到村西头，挥霍着那些乡下散淡自由的时光。

运子并不辜负我们的拥戴，在所有的游戏里，她都是最厉害的。比如，踢毽子的时候，随着她的脚一会儿点地一会儿落下，她的马尾辫一甩一甩的，那毽子，就像着了魔一样，不落地，而且好像只要她乐意，毽子永远也不会落地。同样的毽子，在我这里却那般调皮，硬是跟我的脚过不去，三两下就飞到离身子很远的地方了。用桶打井里的水，她张开两腿，弯着腰，一手挽绳，一手将桶往井里一抛，一桶水便装满，她左右用力，便能提起，凭着这样的本领，她在井边洗一家人的衣服，显不出半点儿费力，可是我每次丢下去，提起来就是一个空桶，半滴水都打不到。她在同学中说一不二，从来不黏着谁，这大概跟她的家境有关，她也有两个将军一样的哥哥，给她长了足够大的威风，而且她家境殷实，她父亲总是尽可能给她够多的钱，她存着，过几天就能买上最漂亮的本子和笔，人人都只有羡慕的份儿……

在那些有运子的时光里，村庄的事情每一件都伴随着神奇。她说田里的紫云英是一个叫云英的女孩子变的，我不信，我说她也不能变成这大片啊，运子便说，云英爱美，变一朵太小，变大朵又易凋，不如变一大片，早晨盛开晚上闭合，天天精力旺盛。听她这样讲，仔细看，果然，那小喇叭的花，明明是一个一到傍晚便没有精神要睡觉的姑娘，可不就是云英么？她还说，她的脚底下有个吸盘，所以她能爬上高高的树顶，在树顶摸得到云，我也不信，可是我连三尺都爬不上，她却噌噌往上爬，到树的尖尖儿上还能腾出一只手来，确乎摸到了云，一下树，满头满脸的云遮雾罩，让人不得不信；她折了狗尾巴草做二胡，拉起弦子来摇头晃脑唱歌，调子稳稳的，那狗尾巴草在她手里发出悠扬的丝弦声……

她怎么不会鄙视我呢？我什么都不会，还比她矮。有一年，她忽然像喝了什么灵药，猛劲儿往上长，一天一个样，一下子高出了我好大一截，我几乎要仰视她了。她高出我们很多后，怎么也不肯再跟我们玩了，且变得沉默起来。环子私下里把我叫到竹林，拿出一团卫生棉来，对我说，运子就是垫了这个长高的，你把它垫在裤裆里，也能长运子那么高，我也垫一个，我不信长不赢她！我惊讶得说不出话，无法明白为什么那样奇怪的卫生棉能让人长高，但我隐约觉得运子已经和我们不同了，这几乎是一个无法挽回的悲剧，为此我望着即将垫进去的一团白，心中生出铺天盖地的惆怅。

运子渐渐与我疏远更多了，我无奈中只好选择与环子形影不离。直到后来，我高出运子一截，经历她莫名伤感的时段，才慢慢懂得她不再愿意与我同行的忧伤。后来，她因无心读书辍学，而我顺着学业的大道一路向前，我们终于还是在同行一段后渐行渐远，后来每每在我家禾场上看到她，我都有那么多话想和她说，却被她的冷淡远远地拒绝在青春的门外。

有时候我真想冲上去问她，喂，我把你看得这样重要，你也同样重看过我吗？就因为你比我大，我们就要这样不公平地相处么？但许多年来，无论我在外面多么强大，一遇到她，便立即退回到童年里去，又甘愿做那个她屁股后面的小跟班，什么话也问不出口了。

凝望落叶

在家乡高高的山冈上，那些我生命里最初的亲人们，建立了一个安谧清新、与世无争的世界。他们俯视着山脚下淙淙淌过的清澈河水，感受着四季变幻的风，尽忠职守地看护着身边的橘树林，以及从橘林里穿行而过的西瓜苗，或者黄豆秧。一年一度，经历白橘花的开落、果子的青涩转黄，然后，又笑着迎接新加入这个庞大家庭的人。所有生活在他们外部的人来到这里，脚上沾满黄土，心里却摒弃了尘嚣，澄澈明净，因为他们知道——岁月匆匆流走，现有的一切都会化为过去时空里无法触摸的喜怒哀乐，最终，他们也将来到这个山冈，与地底下的亲人们相聚。

第一个来这里的，是我的小姑父。小姑父很胖，我曾比试过，他的一个裤腿可以装六七岁的我。胖使小姑父患有严重的高血压。但他不在乎，照常喝酒、唱歌，牵着我的小手散步，给我们家的凉席题字，或者给祖父按摩、剪指甲。

据说小姑父家以前是大地主，沅江新街整整一条街的房子全是他们家的。我的童年在新街住得多，新街不新，而是一大片古旧的木楼，中间夹着青石板的街道，巷子狭窄、寂寞，一到黄昏，便收住它怯怯的声响，沉进一片静默里，但街头街尾的住户见了小姑父，都会轻轻地打个招呼，有时情不自禁地鞠躬。

小姑父特别爱笑，人缘好，后来他当了冰棒厂的厂长，所以，二十世纪八十年代中期，很多人还不知道蛋筒和冰淇淋是什么味道时，我的小姑父就带我把它们尝遍了。他还教我喝咖啡，可惜那时人小，咖啡喝起来特别苦，不知就里的我便以为那只是小姑父给我开的一个玩笑。

他每次到乡下，必定带上我一起去采蘑菇，雨过天晴的树林里，蘑菇遍地都是，他采来一大筐，亲自烹调，一锅鲜香浓稠的汤，足以慰藉整个多雨的春天，父亲总是边喝边咂巴着嘴说，好吃得让人吞掉小舌子。

不到六十的他因为一场病，第一个住到了这里。他说，他要在这喜欢的地方与亲人们团聚。此后，生平沉默寡言的大姑父随之而来，大姑父之后，便是我的母亲。母亲去世前一年的冬天，总是与我描绘起这个山冈，她说："以后老了就在那里砌个房子，养点儿鸡鸭，自由自在。"没想到第二年她就实现了愿望。作为东道主，第三个来到这里的母亲，定然特别有自豪感吧！他们三个是同辈，想来也不愁寂寞。

接下来是我住在沅江三巷口的舅奶奶。我认识舅奶奶时，她就已经七十多岁了，脑后常绾一个髻，脸庞月光般皎洁，一笑，两颊现出两个深深的酒窝，身板挺拔、姿态优雅，七十多岁，美得令人惊讶。隐隐听父亲说起她的过往，竟是一段地主与官小姐的传奇。舅奶奶有三个孩子，一男两女，儿子到了香港，定居于那里；大女儿为逃婚到了武汉，当了宝庆码头的大姐大；小女儿嫁给了一个状元郎，衣锦还乡，还有市里的领导夹道欢迎。舅奶奶靠了她的家底、国家的补贴，以及女儿的接济，常常与街坊邻里聊天打牌，日子过得特别滋润，只是略显孤独。我小时候常常从新街溜达到三巷口，差不多人人都认识我，会友善地打招呼，于是童年的感觉中仿佛整个沅江琼湖都是我的亲人们的天下。

舅奶奶八十几岁时不小心摔了一跤，没过几天，就安详地走了。她走时，叮嘱我小姑妈，一定要把她葬在有亲人的热闹地。于是，她也来到了这里。

然后，就是我的祖父、我的大姑妈、我大姑父的父母……多年以后，会是我满面沧桑的父亲，然后，是我……

将有越来越多的人聚到这里。他们让我在一场一场的丧事中渐渐地开始凝视“死”这个事实，并且懂得，死亡并不是可怕的事情，它平常得如同每一次日出日落，无须逃避，或者拖延，唯其如此，你才能体会到其中的辽远。

生死看多了，就开始问自己是不是老了、会不会多病、会不会痴呆、会不会突然一天就没有了知觉，完完全全地从这个世界飞升，我开始注意皮肤的弹性，眼角可能会添起来的皱纹，以及腰上可能要增加的赘肉，这些都是“老”的象征，而“老”多么接近“死”！我开始有意无意地倾听自己的心跳，又每每叮嘱丈夫儿子出门要小心，平安来去；我唠叨父亲，要注意养生……

随着去山冈的次数越来越多，年岁亦日渐增长，人生的场面亦日渐开阔，我渐渐开始愿意俯身抚摸脚下的土地，并深情凝视一抔抔拱起的黄土，他们的音容笑貌以及在人世间的绚丽灿烂，使我在凝视中平静、深沉。凝视他们，如同凝视美丽多彩的落叶，渐渐地，我开始深入了解并感悟到自己的死亡，不是在终结之时，而是在开始的时候。

慢慢地，我也开始懂得，由生走向死的过程，就是天堂的全部，那里有落叶那说不尽的美丽。

走　　丢

闷闷的雷声轰隆隆从天边滚到眼前，滚了近半分钟，忽地一道照亮大地的闪电劈空而来，接着，咔嚓一声，整栋楼都晃动起起来。此时我正站在六楼窗边，视线所及，远处是大幅轻绡的江水，近处，是白瓷壁黄琉瓦的图书馆。二楼借书室的窗帘拉开了，一排排书立在那里，等候属于各自的命运。

图书室里除了书还是书，它才不管你多么渴望看到那个你想看到的人，那个坐在这里整理书籍，时不时微笑着拣出一本仔细审阅的人。那个人曾经与我在裴公亭眺望江对面昔日繁华的码头、曾经绕着我的院子散步直到我的饭熟了叫她上来……时光再往前一点儿，她曾经与我一起喝下午茶，有一次我还戏谑地写了一首诗在她的绢纸上，她竟把那绢和那天飘到窗口的玉兰树叶子一起，保存到她离开我的时候……回到第一次见她的时候，冬天，大雪，她年轻的面庞在橘红呢子外套的映衬下，有一种说不出的美……

当初我以为，她至少可以陪我走到牙掉光的时候，谁知道一不小心，她就走向了永恒的寂灭，把我丢在她的世界之外，任我怎么寻找，再也找不回来。

江声浩荡，江边的足印层层叠叠，像极了远处青山上的树叶。那些看上去总是相同的一树又一树，一春一秋过去，层叠的叶子早已不是当初新发的嫩芽，可是没有人知道落下去和新长出来的叶子经历的分秒，就像没有人在意他人的离合悲欢。谁的生活，谁去承受，谁的路，谁去走，谁走丢的人，谁去寻觅。可是，丢了就是丢了，就像那些曾经心爱的物件，一片钥匙、一粒围棋子、一封爱不释手的书信——光阴卷走了一切，往事，有水分的皮肤，以及独属于一人的气味和笑声，某天你想起它们，想再摩挲玩味一下，才发现好像真的很长一段时间没见过了，它们到了哪儿？在世界的哪个角落？

风摇撼着树，雨倾盆而下，一个穿着天蓝校服的少年在红色地面的篮球场上疾跑，由一个蓝色的点，跑成了一张青春的脸——这不是我熟悉的那张脸——那张承载我青春所有情绪的脸。那是一张怎样的脸？稚气、饱满，总是坏坏地笑，课堂上，时不时偷偷丢过来一个眼神，弄得人惊慌失措，篮球场上，又总是故意把球抛到我的脚边，球贴着地面滚动，他叫："帮我捡一下球！"我便在众目睽睽之下追着球跑，踩又踩不到，堵又堵不住，气喘吁吁跑上很大一截才捉到，他早被我滑稽狼狈的样子笑得弯下腰。他的笑，对我而言意味着嘲弄，强烈的自尊心使我在与他六年同窗的时光里，有将近四年没有与他说过一句话，但是我偶尔与他撞上的目光泄露了我内心的全部秘密。

我感觉到他的得意，那种捕捉到某种猎物的快感从他的嘴角自然流露，这令我十分恼怒。毕业后我们各奔西东，将近十二年，我们完全把对方丢弃在茫茫人海，直到在一种特殊的机缘下再次相遇。

这是一种奇怪的经验，他在路口的风中等我，我穿着素花风衣从车上下来，春天那么美，我却只看到他灼灼发光的眼，延续着少年时的光亮。真奇怪，岁月饶过了他，与很多小说里暗恋之人终于变成自己不能接受的模样不同，他依旧俊美如同当初。我想占据优势居高临下一回的愿望瞬间成空，当年的自尊再次把我打回原形。于是，彼此心知肚明却千回百转的试探，延续了三年之久，并且依旧没有结果。终于，没有任何预兆地，他不再出现。而我，也不再寻找。

我终究还是再次把他弄丢了。在重逢前后漫长的光阴里，我试图找到一个如同他一样的少年，有时是足球场上阳光照耀下奔跑的身影，有时是拥有清澈目光的灵魂，有时又是腼腆羞涩略带怯弱的双唇。弄丢了他之后，寻找他的过程艰辛却也充满趣味，我像一个在土地里翻找古代铜币的农夫，铜币没有找到，但每一锄子下去，总能收获点儿什么，或者是一只古代的花瓶，或者只是一个破了的碗。

有一年冬天，我翻找到了一个五彩琉璃的千手观音，捧在手心里，生怕摔碎。那时我正身处生活艰辛的核心，盼望着天降五彩祥云带来我的至尊宝，他出现时我真以为就是了。一夜大风雪，昏黄的路灯下，雪花翻飞如同一场蝴蝶的盛会。第二天清早，雪已经没膝盖深，回去的路无法通行，只能留在宿舍。大清早他拿了一张新画的梅花图，跋涉几里踏雪而来，纸上的丹砂还没有干透，发出淡淡香味。他说：“你就是我心里永不凋谢的这一树花，要你给我看你容颜永远俏丽的机会。”

这当然是一个谎言，哪一朵花会永不凋谢？谁的容颜可以永远俏丽？可是当时不知道，以为这是要“执子之手，与子偕老”，年轻的时候，一天尚且有二十四个小时，更何况一年、十年？那就是心里的永远。于是以为所有的争吵、哭泣、尖叫、厮打，都不会改变初衷，直到把彼此走丢，彻底走在互相陌生的路上，才恍然明白，琉璃的观音，毕竟禁不起敲打。

后来我翻到一根沉香。这沉香看上去乌黑，刚拿到手时，我差点儿将其丢弃，几经摩擦才使它发出亮光。即便如此，我也没想过，在所有翻出的东西都被我再次弄丢后，唯有这貌不惊人的沉香，静静守候在角落，就像经历它遇到我之前的所有岁月，从容、宽厚，等待着再一次被我捡起。

我开始急匆匆地赶路，仿佛一条经历上游纤细发源的河，渐渐奔到了中段，各种人从四面八方涌入我的河道，与我一起奔腾。这些河水有的清澈，是高山之泉，有的混浊，泥沙俱下，每一种汇入的体验都曾让我欣喜万分。那些灵魂上相吸的人，给我关注的目光，给我鼓励，有时仅仅就是为了得到一句赞赏的话，我也愿意将自身的两岸滋养得青山秀丽；另外一些人则企图从我这里得到知识、经历，或者爱，这让我感觉到被需要的价值，我同时也愿意倾囊相授；还有一些人，给我损害、辱骂和恨……一茬一茬的人将生命壮大成两岸不辨牛马的大河道，有时分支出去，有时又有新的汇入，这情景实在令人欣喜。

然而，家乡山冈上的墓葬越来越多，一些你真正在乎的人也渐行渐远，他们在我热闹奔腾的生命里无声退场，直到销声匿迹。我知道，在漫长的路上，走丢彼此不可避免，每一个人都有自己的方向，但这仍让我常常感到深心的无奈与忧伤。我怕哪一天，我把自己也走丢了。此时默默陪着我一起走过的沉香，散发出了只有经历岁月才能有的光泽，将我照亮，一如这天空劈下的闪电。

回过头去看，歪歪斜斜的脚印里，这沉香木，竟一直不曾走丢。毕竟是有值得欣慰的。我开始明白，为什么某些时刻我们欢笑畅饮，但同时感到刻骨的孤独，某些时刻我们一灯独处，却内心丰盈。一起行走的人永远只是生命的背景，陪你走过一程，在下一程又将你抛却，对于人生这样一部长长的电影而言，那些曾让你歇斯底里或是清风明月的人，总是很快就走过去了，时间像一个墓葬者，坚持不懈地掩埋着他们来过的痕迹，直到彻底湮灭。唯一的主角，只有你。

又一道闪电落下，雨脚密集，图书馆的窗户在雨中变得模糊不清。那个被我走丢了的身影，该是汇入了灵魂的另一条河吧？！

辑三／学堂静谧

青春牛轧糖

吃过牛轧糖吗，那种用镀了薄薄一层蜡的白底蓝字的纸包起来的方形奶糖。

剥开，先是一层入口即化的透明膜，如果只是含着，甜味一丝丝地渗进喉里，渐渐地浓烈，渐渐地甘醇，在它慢慢变小直到化为无形的过程中，你就像经历一场不疾不徐的春雨，或是一次温暖绵长的爱情，那种清新与幽香，一直陪伴着、萦绕着，细细回想起来，不觉便有些惊心；如果一口咬下去，便碎了满口，甜而不腻，口腔里满是化出来的乳白色糖汁，偶尔会遇到花生仁，再咬，无论是对于舌尖还是牙齿，都是惊喜！这便是热烈的秋日骄阳，明媚而不刺人眼目，甚而有一种小小的忧伤，是轰轰烈烈折腾过一次人生的感受了，你咬到腮帮子生痛，激情到非死即活，痛过之后，对这甜味，仍是欲罢不能。

我并不喜欢糖果，那些曾令女孩们欢喜得不得了的透明水果糖，有花花绿绿的外衣，她们把漂亮的窸窣作响的糖果纸当成童年最宝贝的收藏，从这里移到那里，然后一不小心就在岁月里把它们丢失，再也找不到了，然后遗憾、叹息、痛惜逝去的岁月。而我对那一切，曾经熟视无睹，我似乎天生成熟、老到、冷静，一直以为自己将一辈子拒绝那种甜味，永远不会喜欢小女生们曾喜欢着的那些小玩意儿，也不会堕落到像她们一样沉醉在某个男人的拥抱里；我似乎很早就明白，生活本来就不是只有甜美，更多时候是苦涩与酸楚，只有尝惯苦涩，甜才能称之为甘。也因此，即使我小学五年级就读完了琼瑶的《月满西楼》和《碧云天》，至今仍记得那个俞碧涵的种种悲戚，也把《萍踪侠影》里的张丹枫与云蕾的爱情看得滋滋生味，但是，我并没有向往过自己的生活也来那么一场甜蜜的情意，生怕自己是阴郁、幽怨、温柔、甜美、娇弱无力、依赖情感、甜到令人生厌的女人，这样的女人就像糖果，看着好好的，尝久了，牙疼。

但是，有一天，一块方形的牛轧糖摆在我面前，它洁白的底子上那点儿蓝，引我上了钩，而它奇怪的名字更是令我好奇：是牛轧出来的吗？牛居然能轧糖？我剥开它，想一探究竟，从此，竟不可救药地迷恋上它的味道。那是一种令人沉醉的味道，牛奶的浓香与花生的清韵相得益彰，甜而不腻，就像我迷恋着的那一去不返的青春一样，关于青春的爱恨情仇，以及只属于那个时代的气味与声音，都是我生命里挥之不去的底色。

嚼着它的时候，那些沉睡在岁月深处的声音与影像开始浮动……

下课铃一响，我们就一起冲向学校的小卖部买零食。总是这样，我只有一毛钱，够买两小块炒米糕，而他们，每人最少有五毛，可以买二两炒瓜子，或者是一把糖。他们问：“要不要？”我很有志气地说：“我不喜欢吃瓜子，吃了会长瓜子牙，我也不喜欢吃糖，太甜，不好。”他们问多了便不问了，但他们也喜欢我的炒米糕，于是我连炒米糕也吃不上了，因为来讨吃的人太多，一个个分去还不够，只能自己忍着，谁让我们那个时候那样孤独，总是渴望着被别人需要呢？

晚自习时，偷偷地溜出去看电视连续剧。那时候放《乌金血剑》，周慧敏饰一个姓唐的小姐，令人惊艳；还看《魔域桃源》，刘德华帅得叫人窒息，而赵雅芝的笑简直倾国倾城。我们一伙人看得如醉如痴，哪里还能想到回去的事。等结束了，才发现宿舍的灯早熄了，学校的铁门也紧锁着。于是，竟从此练就一身翻围墙的本领，再高的铁门与围墙也关不住咱青春洋溢的心啊！

正疯长着，班上开始有一个接一个的女生被某个男生迷住，课前课后聊他，小纸条丢得满天飞，我曾发誓，不管他再怎么迷人，我也不会喜欢他，不就是个小男孩吗？可是，竟然有谣言说我与他谈了恋爱牵了手！我受伤得不行，觉得这真是奇耻大辱，怎么可能，让我去与一群人争一个人的爱宠？那时，我便如此清傲，但终不知如何挽回颜面，只好到处说他如何不好，以此来证明我的清白。结果那男生放话说他就非要追到我，因为他本来就喜欢我。

我居然鄙夷地想：那不过是他想证明自己征服力的一个途径罢了，生命中不安全的因素太多，我不要再加给自己。所以生怕自己为了谁低到尘埃里去，因为深深知道，要在尘埃深处开花，不易，而付出太多真心的爱情，不是每一个人都承受得来的。那时候还没有遭遇张爱玲，却早把她看透的一切看透。

后来开始日渐沉默、安静。

再后来，最爱的亲人走了，滔天的洪水来了。生活从艰难走向更艰难的深处，面孔从藜黑变得更藜黑，大概便是那个时候，乡土的味道完整笃实地种进了我的骨子吧？在炎热的夏天，我开始一整天一整天地上课，整晚批文章，凌晨四点起床写教案；在萧瑟的秋天，在明亮的月亮底下我将多年的日记与书信付之一炬；在寒冷的冬天，我感觉自己行将死去，我等不到春天，等不来我的春暖花开。

那时候，租住的院落里，不知是谁不知疲惫地放着“还记得年少时的梦吗？像朵永不凋零的花。陪我经过那风吹雨打，看世事无常，看沧桑变化。那些为爱所付出的代价，是永远都难忘的啊……”，我在旁一边听一边流泪，不知道前路漫漫，我将走向何方。

那时候，正青春着，所有人都认为我拥有着大把的时光，应该无忧无虑地去奋斗，而事实呢，那时的脚步像是被什么锁住了，那时的心灵极度孤寂，比任何时候都脆弱，都更需要同伴，而我，却一个人，度过了那漫漫岁月！回头再咀嚼的清芬，与当时的绝望，于别人也许是人生的不同阶段，于我，却是不堪回首的灾难。

再再后来，一场大雪送来了一个精灵，青春开始盛绽光辉，独立、孤单，然而，深心里开始藏着对这个世界饱满的情意，开始接纳一切、包容一切，所有不安全的因素，都静静地安放在心的某个角落。而爱，就像这牛轧糖的甜味一样，一丝丝一丝丝地从我心底深处漾开来。有一个冬天，我经常一粒接一粒地剥开牛轧糖，或快或慢地品尝，只觉它是那样贴近我的心，一如我的知音……

一不小心，生活便过去这许多年了。自从离开我年龄上的青春，我便很少再与牛轧糖相遇，也许无意，也许刻意，只是不想重温青春的味道，那爱恨纠缠，需要一颗青春的心脏方能承受得了。可是就是昨天，不知是谁居然在我的桌上放了一大把牛轧糖，白底蓝字，与当年的包装无异！我随手剥开一粒，咬下去，碎了满口，瞬间激情满怀，那浓烈的芬芳一下子把人拖进了过往……

平静的快乐

那天晌午，暮春温热的阳光，在笔立的冬青树尖，旋转着恰恰舞步，传递着初夏的信息，树身针状的叶子，深绿里透出几丝新意，反射着阳光里一种生命的光泽。黄鹂鸟儿清脆的鸣声，几欲穿透淡青色的天空，呼喊着那几朵悠闲的白云。

校园里安静极了，哲学老师只管用她那一口半俗半雅的话，静静地阐述着生命的智慧。三月草长莺飞的日子，空气异常明朗清新，教室里多是半眯的眼，每一个人的脸上，都是懒洋洋的神色，有的，已经打起了呼噜。

老师依然在说着，人为什么而活？应该怎么活呢？看着她那紧蹙的眉尖，我有些怜惜起来。其实，老师也知道，这是一个无解题，又做什么要苦苦去追问？只是这些尚在热力里生活着的青春的孩子，又怎么能不去想想这样的命题，只用瞌睡来打发时间？

可是，知道了又有什么用？一想到这儿，我就起了逃课的心思，不到十分钟，便皱眉捧腹，借口腹痛难忍，请假出去。老师停下来，用关切的眼神望着我，轻问："要不要派同学护送一下？"我连忙摇头，轻声说："更衣即可。"老师起先莫名其妙，反应过来后忍不住展颜一笑，挥了挥手，示意我快走。我弯着腰，将痛容一直坚持到了教室外，然后马上抹平，嘴角浮起一丝得意的微笑。这难得的逃亡成功的快乐，真是不可名状！

徜徉于校园的林荫小道上，听鸟鸣虫唱，看花开艳丽，草长繁茂，真是怡然自得啊。正感叹这样的时光不应该白白浪费在哲学课上，一阵时强时弱时高亢时低沉的苍老唱腔传入耳膜。循着声音走去，哦，原来是曾爹，传达室那位拾破烂的老爷子。只见他坐在一张陈旧的藤椅上，戴着老花镜，一手拿一张周末版《湖南日报》，一手的食指一行行地指着字，摇头晃脑地吟诵着，唱得没有京剧那么徐缓，又不太像越剧的柔婉，但是优美、古老，品起来竟有茅台酒那种醇香的味道。这个平日里只知道埋头捡垃圾、整废品，守着电话亭，也守着教室铃声的老头儿，脏兮兮的，看上去除了垃圾什么都不懂，竟然不仅识得字，还将"吟"的功夫传承了下来！

我不由仔细打量起这个老人：他的背驼得厉害，眼睛浑浊，脸上的皱纹如刚犁过的田；头顶秃得发出红光，但那花白粗壮的胡须，却倔强地竖立在他的嘴唇周围，看上去与他的废品色泽相近；他穿着粗布衣裤、黑布鞋，简陋中有一种特别亲近泥土的味道。没想到，就是这样一个普通平常的老人，竟然有这样一手绝活！

我静静地听他读着。在午前的阳光落下的荫翳里，他不疾不徐地浅吟低唱，沉浸在品评文字的快乐里，花白的胡茬儿泛出微光，仍是那样倔强，只是似乎之上有了一股潜流的清泉，显得异常地有生气。我怀着一种难以名状的心情弯腰在他身后随他看了很久，他似乎完全不曾察觉。

我静静地听他读着，思想的马儿，被他的唱腔安上了柔软有力的翅膀，飞到了几千年前的世界。穿越时空，我看见了古时那些挣扎在生活里存活于思想中的诗人、词人、大学者们，他们都是这样地唱着、唱着，就酿出了这么醇厚的中国文化了。我又仿佛回到童年，祖父捉着我的小手练《三字经》小楷的时光。那时候祖父虽年逾八十，但身体十分健朗，一个人坐在后门口，迎着凉风看《薛刚反唐》，看完又说给我听。他讲起来有声有色，讲到兴处，还会来些动作，唱上一段京剧，咿咿呀呀，和着穿堂而过的南风，以及后坡青草的味道，构成了我童年一个难以忘怀的梦境。我那幼稚的心里，装满了各色传奇人物，马上的将军马下的兵……他爱在田间散步，我就是他的“小尾巴”，他喜欢自己缝缝补补，我就成了他的“针线盒”……一段多么美妙的时光，日子充满了平静的欢乐！自从祖父卧病在床，我再也无法牵着他的手在阳光里走动，听他讲英雄的故事，及至祖父去世，我都不再有那种满心涨满清澈湖水的感觉，那种快乐，似乎是今生今世永不可企及的事了！

曾爷唱文章时，时不时会碰到一些不认识的字。起先我怕破坏他那种平静而欢乐的心情，不敢说出来。后来，见他实在有些遗憾，便情不自禁地轻轻一念，他居然宠辱不惊理所当然地接过去，又流畅地唱起来，这中间，就是抬头看我一眼也不曾，就仿佛我的到来，是最自然不过的事。他竟有这样不惊不愠安然受之的平静心态！我简直要羡慕了！

就这样，每逢遇到不认识的字，他就停下来，让我接下去，然后他重复一遍接过来，依然是古韵的唱腔，依然是全身心沉醉其中。很默契地，我们共同完成了一篇文章，这时他才取下眼镜，转过头来朝我笑了笑，也不说也不问，又转过头去，抬起头望远处的草地。过了一会儿，他戴上眼镜开始读第二篇。

仲春淡黄明净的阳光如同美酒。校园里除了些老师们此起彼伏的讲课声，便是风过草梢之末的微响。我们一老一少，在那里配合唱着新闻——谁能相信这并非一梦呢？

啊，我不禁要感叹起这种生活。我们一般每日只顾功名利禄的人，何曾有他这样平静而快乐的日子！又有谁知，唯有在这样平静的快乐里，我们的心才会恬静、澄莹。你以这种心境去观察每一个人，如果他漂亮，你就会赞美，如果他丑陋，你就会惋惜。那时，你无论遇上什么物件，都会感觉到那里面有把它创造出来的人的心。

这才是真正的属于智者的欢乐吧？！

梦里涛声辽阔

从杨梅山村的联盟大队，走路到新田大队的中心完小，用我刚十岁的小胳膊小腿划开空气一路狂奔，也要足足四十分钟。四十分钟意味着什么呢？意味着早晨踩着栅栏一样一排排倒在地上长过身子许多的树影，一直踩到它们缩短下去，不能完全遮住我，而黄昏时回家，则要与西沉的太阳赛跑，往往是刚到一半路程，太阳的红脸就在废了的草堤上沉下去，浸到水里，而父亲从山冈上背着四齿耙下来，远远地叫，芬伢儿，怎么才回家？

我鼻子一酸，热热的泪就要爬上来。读书真的辛苦，一家人的辛苦都让我一个人背着，我觉得有些委屈。

很多时候，我宁愿迟到，或者断黑回家，也要慢慢走，我特别喜欢看路边渐渐长高的艾草，还有天空变幻不定的云，它们延缓了我奔跑的脚步。中心完小是这一带最好的学校，成绩达不到，进不了它的校门。

因此，中心完小的孩子身上自然镀上了一层光，这光只有识货的人才看得到。这句话是胡梦涛先生说的，我小学的前四年在村子里的小学上课，它没有五年级，想读五年级，就要换学校，要考试，我考上了这里。他在开学典礼大会上发言，我个头矮，站在第一排，还是看不太清楚他的模样，只知道他白净且瘦，很温和，是五年级另一个班的班主任，而另一个班，据说是重点班，胡先生是这一带的名师，他们班的孩子说到自己班级名和班主任名时，脸上会浮起一种不易察觉的骄傲，让我这种外班的孩子瞬间低下去。

五年级时的我，第一次被大人世界人为分化，有些倔强的不甘心，毕竟，三十年前的小学，并没有像现在这样教学资源严重分化，而我在成绩上素来是佼佼者，即便分化，我也不该成为落下的那一个。期中考试结束后的一天，放学时，我拿着一支粉笔，在红砖裸露的学校外墙，给一个同学画进水出水的图，一个影子覆住了我，我回头一瞧，是那个白净清瘦的胡先生。他温和地笑着，说："你继续说吧，这个方法倒新奇，我想看看。"

一股强烈的表现欲、一种要打个翻身仗的急迫感，驱使我要努力地演算出最好的样子。当我演示完，胡先生立即鼓掌，笑着说："难怪你比我们班的还厉害，果然思维能力很强，名不虚传。"

他一句名不虚传，把我所有的委屈解了，我便麻着胆子问："胡先生，我为什么没有分在您班上？"他又笑了，露出并不整齐的牙齿，并不回答我，却抚着我的头，问："你想不想来我班？"我想都没想便说："不想。"他似乎很惊讶，问道："都想来我班啊，你为什么不？"我说："我的老师也很好呀，我很喜欢我们班。其实我的老师不好，他总是让我坐一组最后一个，明明我那么矮，前面同学的脑袋拦着我，左看右看都看不到黑板上的字，我跟他提，他眼睛都不抬起来看我一下，班上一个叫卫蓝的女孩，高高瘦瘦的，老是去问他题目，他总是满脸欢喜地看着她，让她坐在第二排，那么高，拦着多少人，他也不在乎。可是，那么小的我，直觉就是不想让人家来可怜我，施舍一种关爱给我。”

听我这么说，胡先生又笑了，依旧摸着我的头，说：“小不点儿，没想到你还挺有立场啊，胡老师喜欢，听说你的作文写得很好，想不想多看点儿书？胡先生那里可有一大柜子书哦。”

在那个连一本小人书都十分难得的年代里，一大柜子书意味着一片从未见过的海，它的诱惑力是致命的。在那个黄昏，暮色刚刚开始下降，我挪动脚步，跟着这个叫梦涛的先生走到了他的书房里。一大排书柜，类似现在图书馆的这种，矗立在他的房间里，书柜里满满的全是书，一排一排，分好类别，标示好了，多半是我闻所未闻的书，比如《希腊神话故事》《格林童话》《悲惨世界》《战争与和平》《莎士比亚全集》，我那时只知中国古代四大名著、《林海雪原》、金庸琼瑶之类，何曾见过这么多新奇的书！站在书柜面前，我惊呆了，完全是刘姥姥进了大观园一般，张开嘴合不拢。显然，胡先生有些得意，事隔多年之后，我仍清楚地记得他用忍不住要显摆一下的口吻，对我说的那句话。他说：“我这里的书全都可以借给你看，借一本还一本，只有一个条件，你要做我的学生。”

那样小的我被他这句话震撼到了，如果后来我自己没有成为老师，绝难体会到他那爱才惜才之心。为了这些书，也为了这样的先生，我毫不犹豫地点头答应了。事实证明，当时我被他的书本迷惑，是多么幸运，从那以后，一个广阔的世界为我敞开，而我，伸张臂膀迎接着风，呼啦啦地成长起来。

我开始频繁出入于胡先生的书房，阅读的速度逐渐加快，胡先生却并没有真的让我到他的班去听课，而只是偶尔站在我们教室外面看看我，眼神慈爱，如父是师。我的班主任大概知道了我的叛变，有一次，区里组织书法竞赛，我三年级就开始练字，虽不够好，却也是同龄人中的翘楚，请他给我报名，他果断拒绝了，而是安排卫兰去，我不服气，去找胡先生，他便说服了我班主任，让他多报了一个，我也没有让他失望，卫兰一个奖都没获得，我却获了个一等奖回来。那天先生用自行车驮着我走在回家的路上，开始跟我谈论写作，他问我想不想发表文章，他可以给我投稿。那是我生平第一次听到“投稿”这个词，那种激动的心情真是难以言表。

很快时光便流淌到了六年级，我的成绩仍旧在班里遥遥领先，只是仍并不比胡先生班里的优秀多少，自然也不是最聪明的，我见他时，也渐渐没有了先前的自信。六年二期时，数学竞赛，我们班上缺单位，梦涛先生跟我班主任说要我报个名去，班主任自然同意了。不久后，我便跟四五个男生一起，到了县城里先生的家。原来先生的家在教育局，后阳台临一片湖，阳台上种满了各种花草，其中一盆小山一样的仙人掌，绿得油亮，侧面的刺尖上，开出小朵颜色艳丽的花，极为喜人。从乡下小门户里出来的我，因此更增了几分对先生的膜拜之情。

那次数学竞赛是我平生第一次为了考试去那么远的地方，看着别人自信满满的样子，我胆怯极了，也自卑极了，梦涛先生送我进考场时，依旧摸摸我的头，微笑着说：“去吧，好不好的，试过才知道，别怕。”

竞赛怎样我已经记不清楚，肯定不是叫人怦然心动的好，但先生当时的话，我却记了一辈子，每当我对一件事情不够自信，自卑欲退时，它都会蹦出来，仿佛先生的手还在抚摸着我的头，而前途总在创造的路上，顿时便能生出许多勇气来，不再觉得读书辛苦和委屈，相反，竟生出许多光荣骄傲的意味。

时光无情，时光却也饱满丰润，我们的人生逐渐被各色人、各种故事填满，因了胡先生当年赐予阅读特权的缘故，我渐渐爱上了写作。每当我想起因自己的渺小欲放弃梦想时，先生在人生初始阶段所给予的鼓励便会使我倍感温暖，也自然地信心陡增。我希望有朝一日让他看到最好的我，会写作、会书法、会生活、会笑、会越来越好看，没有辜负他抚摸我头时的欢喜。

希望有朝一日，我的学生想起我，也如我想起先生一般，梦里涛声，漫漶成辽阔一片。

李小菊，我想你

“如果你此时倔强，就永远倔强。”微胖的李小菊拖着两条长长的辫子，漾开一脸朗月般的笑，眼睛里像有星星闪着，对我说了这句话。很多年以后，我只要做一件事情想放弃时，就会想起她，不知道她现在到了哪里，是不是在继续做她的语文老师，唱着《满江红》里那句“怒发冲冠，凭栏处，潇潇雨歇，抬望眼，仰天长啸，壮怀激烈”，把那种本该属于男人的襟袍未开的惆怅唱得朗朗山月一般壮阔。

那年我才十岁，是一个不足五十斤，下巴尖尖的小女孩，但我已经读五年级了，觉得自己了解全世界，看得懂男老师对漂亮小女生的偏爱，也看得懂女老师眉眼里对某个男老师的情意，把后桌的男生打得哭过几次，还不服气老师不带我参加书法比赛，摆过一幅自己的作品给他看，硬是逼着他带我参了赛拿了个奖回来。我们老师叫忍冬，高高大大的，很帅，一下课就跑到李小菊的房间里坐，对我们这群小屁孩问的问题有些不耐烦，一心要和李小菊聊天，眼珠子只要到了李小菊身上就挪不开。在我强烈要求参加书法比赛的时候，李小菊目不转睛地盯着我看，然后笑出来，说："好倔强的小姑娘，我喜欢。"

不久，不知道发生了什么，忍冬忽然改成教数学，李小菊走进了语文课堂。她拿着课本走进来的时候，仿佛背上有光芒，整个人都亮闪闪的。她往讲台上一站，教室里瞬间安静下来，风从窗外呼呼一吹，掀得小凌子桌上的语文书自己翻开了几页。我坐在旁边，打了个冷战，一种说不清道不明的秋凉情绪漫卷全身。我张目看了看同学们，所有人都屏气凝神，我又看李小菊，她也正看着我，笑意盈盈，我的身子不由得又暖了。

她说："孩子们，语文是什么呢？我说不清楚。但是，我只要教你们唱一首歌，你们应该就能知道语文了。"她这句话像消隐水一样，将她身上的神圣光芒吞没了，同学们像解除了某道巫咒，觉得自己与她平等了，一下子活跃起来，嘲讽她，自己都说不清楚呢，还教语文，语文又不是音乐，干脆去当音乐老师好了。我心里有点儿替李小菊担忧，可又总觉得她教的一定不是忍冬那样的语文，所以即使是唱，也打算接受她。

只见她清了清嗓子，右手张开，缓缓伸到半空，眼神迷离，低声开唱，"无言独上西楼，月如钩"。慢慢地，幽怨中有了几分高亢，音调在她嗓子里打了几个转，轻轻吐出来，有着千钧之力。所有人再次陷入安静之中，屏息凝神，期待下句。"寂寞梧桐深院锁清秋。剪不断，理还乱，是离愁。别是一般滋味在心头。"然后她重复了一遍，除了窗外飞鸟的声音，就是她的声音在空气里环绕，带着她的气息，也带着李煜那种无法挥去的愁绪，虽然我并不知道那愁是什么，却又分明感受到了那份愁绪的凄美，那时我才知道，世上有一种美，是让人心痛的，而且恰恰是这种心痛才长长久久地诠释着人生。同学们忘记了鼓掌，都傻了，然后，第一个掌声响起，便绵绵不绝。所有人都要求她继续唱这一类型的歌，这是有别于当时流行歌的音乐，歌词之美，虽然那时还小，说不上到底究竟源于什么，但在动情处，却是听得泪都流出来了。

从此，李小菊教会了我们唱《虞美人》《扬州慢》《满江红》《声声慢》，所有的《红楼梦》词曲，我们课本里所有的诗她都自己谱曲子给我们唱，萧萧古风立马就从她的唱腔里溢出来了。因此，她布置下来的作业，大家没有不争先恐后完成的。所有人都想看她没有看过的书，讲给她听，看她惊讶而喜悦的表情；所有人都工工整整地抄诗歌，抄各种漂亮的段落，想看到她批红的好字；所有人都希望写出一手好文章，被她用唱歌一样的语调读出来。但是，只有我的名字是李小菊提得最多的，因为我唱歌没天赋，有的调子老是唱不上去，就在放学后找她重新教，咬着牙一遍一遍地唱，又因为我太喜欢那些词，成天抄各种其他诗词，搜集大量小说来读，谁想阻止我都做不到。父亲见我这样痴迷，很担心我荒废学业，让李小菊来劝我至少放弃唱歌，我偏不肯。她便说："如果你爱语文，即使全世界反对你，你都要走下去；如果你此时倔强，就要永远倔强。"我猛劲儿点头，说："我记住了。"

六年级时，我几乎每一篇文章都被李小菊表扬，有一次她当着全班同学的面说，将来某一天，她会以曾经教过我而感到自豪，因为她说不定能在教材上看到我的文章呢！那时我是多么春风得意啊，虽然其实什么也不懂，可就是拼命地想让她觉得我什么都懂，那么热爱语文，希望成为一名赫赫有名的大作家，终身理想是能够让我的文章进语文课本，让李小菊看到时，眼睛里的星星闪闪发亮。

时光真快，那些点滴尚在眼前，不见李小菊却已经差不多三十年，在某些特定的时刻，我特别想对她说："李小菊，我想你。"

槭树下的梦

五月的最后一天，校门口游荡的蓝白校服影子多了起来，却来去匆匆，不像上下学时的嘈杂，校门口时不时扑起一群鸟，发出“扑啦”的翅膀扇动之声，往蓝天里去了。温白的阳光透过细碎的槭树叶子洒到方形地砖上，将已经褪色的枣红照得有点儿惨淡，学校对面的一排店面，一律静悄悄的，各自顾看着自己的影子。

空气中弥漫着淡淡的嫩槭叶香，从这样的光阴里穿过去，却谁都来不及抬头看看又长大了叶片的槭树。时间太匆匆，转眼又是毕业季——这样说有点儿过于诗意——那么，换个说法吧，转眼，只剩六天高考。高考之后，分道扬镳，再齐聚，不知何时，又能否一个都不少。

一个都不少？至少对于18班而言，可能只是一个梦，丁欣宇可能永远都回不来了。那是一个多么乖巧安静的女孩，却在病床上一直昏迷着，也许，不久后，她会醒来，也许，她会永远闭上她那双单眼皮的大眼睛。想到这里，踏上这条路的我，感到一种无法描述的心痛。每一天，我都经这条由槭树守候的路，进入校园，站在讲台上，传授、交流、注目、微笑，我看着如花的生命绽放，散发清香，如同这条槭树道，饱满、茂盛，我是那样幸福地享受着这一切，自豪地认为自己是一个很好的老师，然而，欣宇的离开，把我心中搭建起的快乐城堡摧垮了。

如果欣宇在，她也正在备战高考呢！我这样想着，越走近学校，越感到浓到透不过气来的忧伤。如果当时，我叫醒了她……

“芳姐，那是芳姐。”正想着，被一声清脆女声牵引过目光，前面的槭树下，站着三个穿校服的学生，拥着一个穿粉红裙子瘦高背影的女孩，这三个，正是班上的女生，她们望向我，一个大声说：“看，欣宇，是芳姐来了！”粉红裙子转过来，我已走到面前，是欣宇，果然是欣宇，她居然好了，出院了！她看到我，嚅动嘴唇，颇有些兴奋和羞涩地叫道：“王老师——”，我小跑过去，紧紧拥抱了她，轻轻说：“出院了，真好！”

奇怪的是，我抱着她，就像抱着一片风中的树叶，她那样单薄，几乎没有什么温度，她又嗫嚅着想说什么，却一句话都说不出来。“我……我……有点儿想……学校……同学们……”她说话非常吃力的样子，我疑惑地看着其他几位同学。一个学生接过她的话，说：“她家离这儿很远，可是她出院后坚持要来学校，看看王老师。”另一个学生悄悄拉开说，说：“很多人她都不认识了，班上的同学，她的亲人、老师，她能认出的只有几个，她现在说话还很吃力，我们站在这里是因为她坚持要见您，我们说在这棵槭树下肯定能等到您。她在这儿等了很久呢！”

听学生这么一说，我悄悄地瞄了一眼欣宇，她被两个女生围着在说话，看上去，脸色苍白，眼神呆滞，完全不是从前那副样子。我的心猛地一疼，不知道该怎样回报她的想念和爱戴，也不知道她是怎样挣扎，与那看不见的病魔又做了多少殊死搏斗！更不知道她到底恢复到了什么程度，但无论如何，她活过来了，还记得我这个自以为“无关紧要”的人。而我呢？对于她这份爱，我是否受之无愧？

高一时，欣宇是班上字迹最工整、语文课举手答题最积极、下课问问题也最多的女生。她瘦高，清秀，留着齐耳短发，单眼皮，肤色很白，眼间的距离较大，使她看上去有一种冷漠的意味。这种自带的疏离感使我始终没有对来问问题的她有太亲近的语言，我总是端着老师的架子，对她要求严格。好在她从不介意，直到高二。

高二开学，没上几天课，她就总是伏在桌子上睡觉。我叫醒过她几次，她头刚刚抬起一会儿，又垂下去了，并且对我也很少有笑颜了。看那光景，似乎是对语文课厌倦极了，对我个人也讨厌至极。教育的过程中，教育对象与教育者之间的融洽，才是教育成功的关键，孩子一旦对老师产生抗拒心理，所有努力都将是白搭。我深深明白这个道理，因此，有几次尝试和她谈话，她都样子恹恹的，像是极不愿说话的样子，一问她为什么不喜欢听语文课了，是不是王老师无意中说了什么伤害她的话或是做了什么伤害她的事，她也不说，只是微微笑着，摇摇头，样子很敷衍。

已有十几年教学经验的我，对叛逆和玩世不恭的学生，早已司空见惯，既不会再生气，也不会刻意去改变现状，只因在工作很多年以后我渐渐明白，一个孩子的成长，最离不开的是他的原生家庭。因此，我只尽我自己之力，至于结果怎样，早已不那么在乎了。面对欣宇的每一节语文课必睡，到最后我也失去了劝说的兴趣，到高中阶段，老师与学生已经基本上可以平等对话，因此也更不存在我居高临下地教育她，硬性要求她。更何况读书毕竟是自己的事情，她若如此不喜欢我，强求得来的又有什么意思？我又何必拿热脸去贴冷屁股？我又岂是那种会强迫学生听我课的老师？想想，我是一个多么骄傲的人啊，怎么可能在学问这件事上掉价？为了学生们，我磨了多少棱角，低了多少次头，可是，那一切真的值得吗？不见得吧？她不愿意好好学语文，这跟语文在各科中有点儿“橡皮科目”有关吧，太多的人在学习中抱着种功利的态度，那就不学吧，跟我有多少关系呢？……这样想着，后来，欣宇上课再睡，我便视若无睹了——唯有视若无睹，才能平息我内心的愤怒，保护我那极其脆弱的自尊。我竟从未去问过其他任课老师她是不是也上课睡觉，我羞于启齿，怕一旦问及，我是唯一一个被嫌弃的老师。我做了回鸵鸟，藏起了自己的脑袋。

就这样，一个学期过去，欣宇沉睡的时间越来越长，睡眼蒙眬的模样已经定格，除了怀疑她已经不再热爱学习，我再想不到她还有任何沉睡的理由。从第二期起，我已经从心里将她剔除。

高二第二期开学，欣宇来了，更瘦了。上课时，她根本不抬头，连起立都很勉强。强烈的挫败感席卷我，使我不仅不愿看她，甚至别人提她都让我浑身不舒服。她无视我的存在，对我实在是极大的羞辱，我在她的生命中无足重轻，那么，在那么多学生中，她也该对我无足重轻！我继续上我的课，有时候眼睛偶尔从她身上扫过，她的睡姿总是如针芒一般刺激我，我却出于自己意外地保持了冷静和冷漠。

然而，不久后，有一天，当我的眼光勉强从她的座位上掠过时，我发现，那个座位空了。我不动声色，谈不上有多好奇，更无从描述一种形容不出的悲伤——她终究还是扛不住，去别处了。我竟是这样令她讨厌么？正想着，一位女生好像看出了什么，站起来，说：“芳姐，你知道吗，丁欣宇她去省城了，已经去了四天。”

全班一片寂静，有谁吞了一口水，“咕咚”下喉，经过食道进入胃部的声音，清清楚楚。

我一惊，竟有这样的事？丁欣宇——她……什么情况？

她前些天在寝室不停地呕吐，家人带她到市医院检查，医院不肯收她了，再转到省医院，就重度昏迷，现在在重症监护室，医生说，她可能永远也醒不来了。女生说时，几度哽咽。

是什么病呢？我看她除了睡觉，也没有什么不妥啊！

我不敢相信好好的一个女孩会就这样没了，便试图寻找一点儿可以解脱的安慰。

说是颅内渗透性出血，一点点渗出来的，积了一脑子的血才会呕吐不止的。

全班同学都紧张起来，看着我，目光却全部散了。

“丁欣宇去医院前让我跟您说，她从来没有不爱听您的课，她实在扛不住睡意，请您原谅她，她说她很喜欢您。”

她话音落下，欣宇上课睡觉的样子全升起来在我脑海。她是睡得不正常啊，一个健健康康的女孩，正是活力四射的时候，怎么可能那么嗜睡？可是，在这样的反常中，我居然并没有想她可能生病了！我那可怕的自负与骄傲阻止了我去了解她、懂得她、聆听她！我只知道暗暗地较劲、生气，自以为是地认为那一切的“敷衍”都只是因为不爱。如果我能及时建议她的父母带她去做个身体检查，也许，悲剧也不会发生！

我懊悔极了，整整一节课，我杵在讲台上，说不出一句话。自责占据了我的整片脑海！一个多么美好的女孩，即使生命危在旦夕，也要找机会让老师不要耿耿于怀。她是怀着一颗怎样纯洁的心进入那个昏迷状态的？可是，我们呢？我们心中固有的偏见、傲慢，让我们活得越来越世俗，越来越自以为是。我们以慈爱的态度拒人于千里之外，并不愿尝试着真正去了解孩子的状态，哪怕只是出于对她身体的关心。

那天以后，学校里时不时传来她的消息，一时命在旦夕，一时又继续昏迷。她的父母为她耗尽家财，我们学校里也组织了一次大型的募捐，大家都尽己所能地希望能用钱挽回这个如春天每天都会扩张一点儿的槭树叶子般茁壮的生命。然而，好消息从来不够稳定，而昏迷不醒的消息则一个小旮旯都听得见。

转眼一年过去了，槭树叶长了又落，落了又长，欣宇却再没出现在槭树下。时间会转移人的注意，淡化情意，丁欣宇当时引发的震惊也渐渐淡出了人们的视线，但我每天上课看到那个空了的座位（孩子们一直刻意给她留着），心里总是会一颤，多希望她能醒来看看这个从来没有停止运转的世界，多希望她还能坐在课堂上听听课，哪怕只是坐在那里。这样的期待即便是在高考最紧张的阶段，也从来没有落下过。

虽然，随着时间的流逝，那希望日渐渺茫，但当她穿着粉红裙子真正出现在槭树下，回到我们的校园，重新叫我一声“王老师”时，我们又觉得那样自然，就像她从来也不曾离开。

再次拥抱她时，我鼻子酸得发痛，真想对她说，欣宇，对不起！欣宇，你用你的痛，教会了我作为一个老师不经历可能永远不会懂的道理，那就是永远不要只以自己的眼光看世界，永远不要被内心的骄傲蒙蔽了心智，迟钝了爱。

我仰头看了看天，天高而蓝，紧张的一切将在八天之后暂得平静，然而，生活永不停止地向前，真希望那份唤她醒来的力量能再宏大一点儿，磅礴一点儿，给这槭树下的女孩一份蓬勃！

辑四／过客鸿影

红日照相馆

卢建光是我伯父的学生，矮矮墩墩，脸圆圆的，笑起来像一尊弥勒佛。二十年多年来，他只要在家，都要来我伯父家两趟：一趟为伯父过生日，一趟给伯父拜年。在他走后，伯父总要感叹：“当老师的，可千万别瞧不起成绩不好的孩子啊，越是这样的孩子，越懂得感恩，你给他一缕春风、一丝春雨，他就能生根发芽，长成一片茂盛；越是这样的孩子，反而越有潜力，你给他点透了，那就是块真正的玉呢！”

卢建光初中刚毕业那会儿，讲究镜头的胶卷相机还是个稀奇货。卢建光因为好奇暗房技术，跟着镇子上唯一的照相先生进了几天暗房，又晃荡着学了几天照相，觉得那些黑白的照片远远够不到自己心里想看到的样子，就扎起袖子来，要自己照，说干就干，胆子一粗，就在小镇的尾巴上找了家灰扑扑没人看得上的门脸，开了第一家照相馆。要挂牌时，跑来请我伯父命名，那时候，伯父哪里看得起照相的呀，但为了不扫他的兴，随口一说，红日东升，最有前景，不如叫“红日”吧。他一听，好名字！乐颠颠地自己找了块木板，用红漆刷了“红日照相馆”五个大字，歪歪地往门脸上方一挂，就开张了。

没有谁想到这个矮胖墩墩连高中都没考上的小子，日后会做成那么红火的事业，但若让小镇上的人集体怀一次旧，在他们怀旧的背景里，必定少不了那块手制的“红日照相馆”招牌，它就像一面宣告叛逆的旗帜，挂在安分守己的小镇上空，带来一股不同的空气。

事实上，卢建光选择在小镇的尾巴上挂牌，并不是偶然事件，他经过了长达一个月的考察，才确定这是一个最好的地方，因为照相馆后面是一个很大的荷塘，穷得叮当响的卢建光无法给照相馆买太多的布景，这四季枯盛的荷塘简直是天然得不能再天然的背景。他东拼西凑了些银子，在荷塘上建了一个黄色琉璃瓦朱红柱子的凉亭，又趁天黑邀朋结伴偷走他老爹的三十八根杉木，召唤做木工的同学，在亭子外围做了个回廊，照出了平庸小镇里最不平庸的一景，爱美的男男女女蜂拥而至。他胸前挂着个相机，按他们的要求照出了第一批相，据说这些相片一出来，立即在镇子里引起轰动，人们才知道原来相片除了人的脸，还要有背景衬着，才更有味道，女孩子更靓丽，男孩子更帅，哪怕一张相要五块钱，多洗一张要多交一块，大家也要省吃俭用留下时光的印记。

卢建光就这样似乎毫不费力地挖到了第一桶金，除了还给爹杉树的钱，他将剩下的所有都用在建设照相馆上。他买来很多幅可以换的画做背景，在房子里布置出田园、欧式和古典三种风格，添置照相时的服装，还招了一个专业的化妆师。那时候没有网络，连书都很少，没有人知道卢建光的这些想法究竟来自于天才性的自我创意，还是剽窃了别人的，但他的照相馆的多变，美轮美奂，使他一时间名声大噪，连县城里的人有什么要纪念的事，都会相约去他那里照个相留念。

“红日照相馆”的招牌还是红漆刷的那块，却再没有人嫌弃它的简陋了。二十几年后，我们再翻出有那块招牌的相片仔细看，才发现，那根本不是随意的一块木板，而是黄花梨木，一打听，才知道是卢建光当年从在越南打过仗的人手里廉价买来的，字也不是随手写的，写这字的人二十年后成了名扬四海的大书法家。

以为只是当初的不经意，却原来都是精心设计，只不过当时路过它的人没有留心罢了。

卢建光打一个响指，在镜头后笑起来，笑意荡漾在眼睛里，从眼角漾出去，到发角，漾满圆胖的脸，浅浅的酒窝下，一声“啊，真美，笑起来真好看”飘出来，真诚得你满心感动，镜头后的人便不由得要绽放出最好的姿态，好让他的赞美更名副其实。

小学毕业，初中毕业，高中毕业，他都这样，背着一个相机，在操场上架起三脚架，调整着镜头，对坐着站着的师生，无比温柔地说：“好了——好了——哎，真好，每一个人都这么美——一——二——三，好，再来一张，好，再来一张。”每一个人的青春岁月就这样被定格在那一个时刻，光、影、声、色，被完完整整地保留下来。

有时候我们邀朋友结伴，到他的照相馆里去，有时候我们请他到学校里来，很慎重地着装，摆姿势、画红唇，期待着快门按下的那一刻，也期待着相片冲洗出来的时刻。而同学间赠送的最隆重的毕业礼物，莫过于下面印着日期和“红日照相馆”名字的相片，仿佛把自己的相片送给朋友，就是把自己送给了朋友，那种仪式感，是在数码相机普遍的时代难以领会的。

就这样，在“红日照相馆”还没有被“红日婚纱”取代的岁月里，卢建光招牌式的笑脸出现在每一个有纪念意义的重要日子，将一段段忧伤缠绕、欢笑伴随、追求邈远、理想倥偬的时光留住。少年时的种种，喧闹过、欢笑过、哭泣过、挣扎过，实实在在的人生，如同天空里盛绽的烟花，曾放出亮丽夺目的光彩，若没有卢建光和他的红日照相馆，不知道我们还能凭借什么找到那些往昔。

在我的相册里，或者说，在我们那一代人的相册里，一定有一本专门为“红日照相馆”的老照片而设的相册，时间分分秒秒从上面淌过，很多照片已经发黄。但神奇的是，在这许多相片中，总有一张鲜洁如初。我翻出这张相，只见一个穿金黄色大领西装绿色低领毛衣的女生正襟危坐，对着镜头，严肃而近乎冰冷，而光洁的面颊，漆黑的眸子，全是年轻的光泽。她的旁边坐着穿红衣服嘴唇微翘的胖女孩萍，后面是穿蓝豹纹夹克扎马尾辫的云与蓄短发穿牛仔衣的虹。那天的情景又翻上心头——

高三深秋的某一天，四个死党突然有点儿害怕分离，于是相邀走到红日照相馆，化了妆，一本正经地坐在画纸前，“呀！青春的面庞真是太美了！”卢建光叹道，他又笑起来，眼角都漾开了笑意，那是一种由衷的赞美。我想：应该没有人会忘记他那一声赞美吧，毕竟只那一瞬的自我欣赏，心花怒放，青春便已定格。

红日照相馆，从此在我们的生命中成了最美的存在。

借由红日照相馆，当时的百货大楼、供销社、小杂货铺、河边的小商店，隔着河岸只听到而无法到达的陌生彼岸，远方的远方，所有从生命里走过爱过的人……全部在挥洒过的光阴里重新浮起。虽然我深知，世间美好和迷人的事物，都只是一片薄雾、一阵飞雪，不可能长存，不论云彩、鲜花、肥皂泡，也不论焰火和儿童的欢笑，但一瞬间的美好，还是被卢建光在时光的深处紧紧抓住了。

高中毕业后我离开家乡到外地求学，断断续续听到一些关于“红日照相馆”、关于卢建光的事，说是他去了印尼七年，回来做了国内知名度颇高的摄影艺术家，他把照相馆开到了城里，开了一家又一家，称为“影楼”，但始终没有更名，仍是“红日”，而他常常一失踪就是好久，回到家像个野人，而他拍出来的鸟兽虫鱼，全是大自然本本真真的味道。后来又说他做了国学大师，还走火入魔了，进了山，也入了湖，要做出一本让人们不忍心破坏大自然的书来。

一晃又是很多年过去，不知道他的书做成了没有，真希望这“红日”伴随更多的人，留下片刻的永恒。

桂花落了

我又坐在了这棵桂花树下。

小朵小朵的花时不时地落下一些，有的钻进发隙，有的轻立于肩头，有的不慎跌下，扑到了脚边。花香如点在宣纸上的淡墨，一点点一点点地洇开来，丝丝地浮着，似不着色，却明明绕了又绕，长了又长，一阵风过，墨迹渐干了，谁知不小心又被秋声摇落一滴，啪地摔在肩上、背上，溅了满身，抖都抖不掉。

这时，抬头从树叶的缝隙里看天，天是一色的湛蓝明澈，干净得要让人心都碎了！忽然想起不知哪个作家写过的与母亲一起摇桂花的文章，因为只有摇落的桂花才完整，花瓣和花香，都最饱满，最好用来晒茶。我没有喝过金桂晒泡的茶，大概，那是别样的秋韵吧，喝一口下去，整个往事都浮起来，人便在往事的香氛里，再做了一回母亲身边的宠儿、田间土陌的稚子！

从前，我对于秋天的金桂是不屑的，大概是由于它的香气过于浓郁，花又金黄碎小，品就自然下了，而颂者又多为媚俗，逃不脱月亮玉兔与吴刚嫦娥之类，难免滥情了点儿。可是，今年却意外地被这一棵桂花树吸引了！追溯原因来，要从今年夏日的一个黄昏开始吧！

那日，热气依然在大地上徘徊未去，暮色正慢慢地围拢来，直到夜隆重登场，灯火零星成海；那日，每日来去却从未引起我驻足流连的桂树下，坐了一个中年男子，他的旁边，是一个长长的琴盒，在朦胧渐暗的夜色里，他看上去像极了一个唯求一败的江湖高手，四处漂泊，知交零落。

他在沉醉地拉着二胡。

二胡的音质很好，没有丝毫杂音，在他沉静的左右拉动中，比《二泉映月》更凄凉的乐音从容地流泻出来，每一个音符都那么干净，载着情意，飘入你生命中最隐秘的地方，在那里，灵魂对你低语，那是受过伤的、苍苍莽莽的，也是宁折不弯的一颗心。从这样的乐音里，你很难说，音乐还需要什么技巧，它唯一需要的，便是鲜活的生命，也许纯洁如处子，也许沧桑如耄耋。

我呆呆地在他旁边，不，准确地说，是在那棵桂树的树影下立了很久。那时我才发现，这棵桂树长得这样好，树干粗壮、枝繁叶茂，而且高大蓬勃。在那样的乐音里，这棵树，仿佛是从上古郊野而来，专为这拉二胡者而生的，所以，它往日的细小憔悴，都不值一提了！此时，它打起所有的精神，只为了配合那奏乐人平生的欢喜悲愁。

那人连续在树底下演奏了一个夏天。谁与他搭讪他也不说话，他沉默中来，沉默中去，偶尔，也会在奏完后，默默地看那树许久，轻轻地叹气，轻轻地摇头。

我在桂树的影子里听了一个夏天，听得沧海桑田，听得哽咽难语。我没有与他搭讪过，因为我知道，对他而言，那乐音，就是他要倾诉的全部。他为何而来，为何而奏，于我们，总是不相干的。桂树，大概便是他唯一的理由。

忽然有一天，雨来了，天凉下来。我才猛然惊起，忙碌中，秋天到了。再去树下，拉二胡的人，早就不见了，只剩下这棵桂树，孤零零地继续展示着它的枝繁叶茂、它的金桂飘香。

我开始想念这棵树。

我开始在明朗的秋日，或者清晨，或者晌午，注目它。

它从哪里来？以它浑身的创痕来看，它已经年逾百岁，但很显然，它只是这个新建的城市新建的小区的新客。那么，它从哪里来呢？它是否曾经立在某个村的村口，是供全村人歇脚的地方？那些老人在它的脚底下抽着旱烟，讲着从上一辈上上辈那里听来的传奇，添点儿现实的典故，就绘声绘色地传给了村里互相追逐着的孩子们？或者，它是某个孩子关于家乡的寄托？又或者，它也总在秋天，看到一对母子，弯着腰，拾着从它身上摇落的花，只为喝一满口秋天的香意？

它是怎么来的呢？偷来的？买来的？或者，只是某个地方需要腾出给人住，就把它给挪了个位置？那与母亲捡落花的孩儿，要找回童年，就遍寻不着了呀！还有，对于离乡闯天下的游子，又到哪里去寻找他们精神上的地标？

或者，它什么都不是吧？！就是野外一棵自由自在生长的桂树，因为它的香惊动了某一个人，他便想让它不再寂寞下去，运它到这里来，享受城市的喧嚣了？

…………

我坐在这棵桂花树下，开始想念那个素不相识的拉二胡者。桂花落了，他若想念它，如夏日黄昏一般懂得它的寂寞，懂得它那没有未来的未来，该再来为它演奏一曲吧？在秋风中？那时，定然是，桂香沾上了琴音，落到每一个人的心坎上，湿湿的，有说不清道不明的忧伤。

草帽的老去

青草转黄，于是有了编织草帽的契机。

每一顶草帽都是一个诗人的梦，黄澄澄的，散发着草儿独有的香味，光亮、柔韧、轻盈、细密，筛得下最细碎的阳光，给得了最小的清凉。

最小的清凉也是清凉，在烈日当空的正午，草帽就是这样一无所求地给建筑工地那些风餐露宿的农民工一点点甚至可以忽略的凉意。我从来没有着意于要去了解农民工们的生活，尽管一幢幢拔地而起的高楼正是他们粗糙的手劳动的结果，但是，他们在严寒酷暑中劳动时，我经常从他们身边匆匆而过，却视而不见。卑微且忙碌的生活，使我已经习惯于忽略这些看似同样卑微的生命，忽略他们生命中的喜怒哀乐。

最卑微的生命也是生命，在烈日当空的正午，这些生命戴着草帽在大地上劳作，机器的轰鸣声掩盖了他们的谈话、咳嗽、吆喝，扬起的尘土令他们的面目模糊一片，但是，此时，也只有他们的喜怒哀乐才能真正算得上喜怒哀乐，一切在天地之间裸露，思想无处藏身，这时，看似卑微的生命显得无比尊贵。这时，大地会关爱他们，草帽会关怀他们。草帽下黝黑的脸庞上，汗水是流淌在皮肤表层的河，河面有阳光跳跃，草帽的阴影使这些河水咸里带凉，编织的间隙成就了河面的碎金。皮肤的里层有一条更长更雄浑澎湃的河，雄赳赳地唱着歌，把流淌的力量输送给那黝黑健壮的身躯。

然而，这些健硕的身躯正在日渐佝偻，黝黑但不再光亮，再好的草帽也阻止不了它们所遮蔽部分提前的黯然，只有草帽知道生活的艰辛。

他们沿着祖祖辈辈走过的路，在家乡的土地里刨食。可是，勤劳并不能改变贫穷的命运。疾病、天灾，孩子日夜不停地赶着生长，老人急急忙忙地赶着老去，土地已经无法跟上需求的步伐，他们只能走出家门，走向城市。城市对他们来说意味着知识、财富，他们只要敢干肯干省吃俭用就能挣得比农村多很多，但他们不知道城市也意味着欺诈、等级啊！城市在向他们招手，他们抛妻弃子，背井离乡，以一个边缘人的姿势在城市里行走，住最简易的工棚、吃最便宜的饭菜、抽最劣质的香烟、喝最烈性的白酒。他们有他们的爱，一样真挚、纯洁、深沉，只是省去了玫瑰花西餐厅，剩下砖头瓦块和工地上孤单的月亮。写到这里我想起了迟子建的《踏着月光的行板》里那一对两地相隔的民工夫妇，他们尽管不美，在对方的眼里却有足够的魅力，真正的“情人眼里出西施”，他们虽然过得很辛苦，但是因为有平凡但真挚的爱情，也过得很满足。中秋节的那天因为都太想给对方惊喜，竟然四次在火车上错过，最后只能相约在慢车交叉而过的一刹那见一面。那是一种多么打动人的温馨！

在每一个看似粗犷的农民工心里，都有一个特别柔软的角落吧？一定是这样，要不，是什么给他们挺住艰辛的勇气？他们既代表了粗俗、野蛮、无知与低级，也意味着真实、淳朴、丰富与高贵，没有人去关心他们，他们的黄板牙、他们的大粗手，除了他们的至亲。在亲人的眼里，每一个农民工都是顶天立地的男子汉，是家庭的主心骨，世界没了他们照样运转，他们没了他们，世界都会沦为一片黑暗。

这大概就是即使所有的城里人住着他们建造的房子却忽视了他们的存在，而他们仍活得快乐而有尊严的原因。认真想一想，有多少城里人能像他们一样活得如此坦荡，如此丰富实在，睡起觉来鼾声如雷呢？但即使我们把更多的形容词，关于美与力量的句子放到他们头上，就像把一顶诗意的草帽放到他们头上为他们的艰辛加一点儿掩饰，也仍旧无法遮去他们因艰辛的劳动而过早爬上额头的皱纹——超负荷的劳动使他们以超出常人的速度衰老，而他们不惧怕衰老，他们惧怕贫穷。他们愿意用青春换取金钱，在一个金钱的时代，又可以用金钱换取多一点儿的尊严。

我有一个在外地当农民工的同学，高中时他还是班上数一数二的美男子，身材匀称、面庞俊秀，成绩却不太好，最后高考落榜了，十多年后一次偶然相见，使我心惊肉跳于岁月的刻痕。他当农民工多年，背已经有些驼，皮肤蜡黄，两眼浑浊，双手粗壮，已经全然是一个中年人的模样。他跟我在路上偶尔遇到的一些农民工已经没有区别，生活的重担使他不得不离开家乡去建设城市。他的妻子自杀，给他留下两个年幼的孩子。生活对于他来说就是无尽的苦难，但在建筑工地上他只是一个戴着草帽搬弄着泥沙的人，没有人会在意他的苦难——所有来来去去的人都是为了自己的生活，别人的苦难与自己何干？

如果你愿意停下，去看看这些脸，看看这些脸上的草帽，你会发现草帽也会老去。汗水日复一日地浸渍，使原本金黄柔韧的草帽渐渐褪色，直到有一天它变成了灰黑，柔韧的细草也已变得硬脆，用手轻轻一扯，就能碎成一丝丝一线线，这时，一顶草帽完成了它的使命，新的一顶又开始了它的征程。

可是，苦难的人生，也能如他头顶的草帽一样，丢了一顶老去的，又换上一顶年轻的么？

卡西莫多的微笑

习惯在心里叫她卡西莫多，因为我一直不知道她的名字，也没有与她说过一句话，但是我凝视过她很多次，在冬日的寒风和夏日的炙阳里，我停下脚步看着她，每看一次就增一点儿要与她说点儿什么的冲动。

她的手指上仿佛永远都夹着一截烟头，总是眯着眼睛很用力地吸上一口，然后又弯下腰开始扫地。她是这一带的清洁工人，有四五十了吧，个子出奇的矮，很瘦，脸庞小到没有我一个手掌大，五官挤到了一起，皮肤很黑，因此就更加显出她的脏；她的头发有些长，一个乱乱的辫子绑在脑后，可怜地耷拉着；她的背很驼，要贴到地面去的样子，正好省了她弯腰扫地的麻烦，也不知道是先驼了背再去扫的地，还是扫地扫成了这个样子。她喜欢笑，每次利用扫地的空隙抽烟时，她都带着满意的微笑，在她那身橘黄色的环卫服的映衬下，她的神情多少显得有些滑稽。

第一次看见她，我的脑海里猛不丁地冒出个名“卡西莫多”。

因为曾经有过许多歌颂清洁工人的文章，所以我并不想重复去歌颂她。我第一次见到她时，她脏而丑的样子使我打心底里厌恶——人人都向往美的形、美的神，对于丑，自然是避而远之。我不为自己的厌恶感到愧疚，因为我看到所有看她的人都是这样，还有人嘲笑她的烟头，因为那是别人丢下的。

渐渐的，我对她的身影很熟悉了。她是管我们这一片街道的卫生的，每天早晨、中午、晚上扫三遍，一丝不苟，有时候有扫不起的小纸屑，她就弯下腰去捡。我从没见过比她更认真地扫大街的清洁工人。她扫起地来很卖力，拖的那辆垃圾车比她人高，拖起来很吃力的样子。因为有了她，我们这里的街道可以用“一尘不染”来形容，走在街道上的那些衣着体面的男女，更加显出了干净的尊贵。当然，很少有人认真地看她一眼，人们的眼里，习惯了她的渺小与沉默。

最近，街道两旁经常搞建设，水泥、沙子，还有砖头，碎的，掉在街上的有很多，她一点儿也不嫌烦，仍是一寸一寸地面这样扫过去。后来我们家房子旁边的那一大片田野也被征收做政府某处的办公楼，于是推土机也来了，一天到晚挖泥巴从一处运到另一处，街道上出现了重重的泥的印痕。她更加忙碌了，用尽力气把街道的泥一并扫去，泥积厚了时，她还用很长的铁铲先铲一遍，然后留下一地扫痕，尽管第二天泥土车会再次辗过，而她又得重复着劳动——她从来都不知道偷懒。

走在这条街上的人又开始注意到她了，因为当朋友们在感叹现在的生活环境越来越脏时，我们却很自豪，我们有一个明净的窗台和一条更为明净的街道。我们显得如此干净而体面。人们不怎么乱丢东西了，在一种无声的力量的召唤下似乎开始变得文明。这个时候，她就更加卡西莫多，用她丑然而洁净的手护卫着她创造下的一切，要知道，在她来之前，这条街经常两三天没人扫，大家爱怎么丢怎么丢，反正只是为脏更添一点儿脏而已，她的到来使这里一天比一天干净，直到没有一个人再好意思丢下哪怕是一片纸屑。

但是垃圾还是会有的，有人的地方就会有垃圾。所以她就有了工作、有了价值、有了地位，也有了那脏乱脸上唯一明亮的笑。当想到她的笑其实是建立在人们的垃圾上时，我的心陡然一痛，我不知道该为她高兴，还是该为我们自己悲哀。于是我开始停下脚步凝视她，我常常想去与她说几句话，或者给她一包烟，以此来肯定她的成绩。但是我没有这样做，也许她不喜欢别人打扰，特别是这些穿着体面神情倨傲的人偶尔流露出来的一点儿同情，也许她并不需要这些，如果需要，她为什么坚持要自食其力而不愿意靠乞讨为生？以她这样的身体，她完全可以得到一种来自于人性为了满足自我位置的肯定而生的同情啊！

那么，她那曾经青春的岁月丢失在了哪里呢？她是不是也曾经如花一样开放过，盛绽过美丽？她是不是也有过那美好的爱情？她是不是还有儿女？她住在一个什么地方，除了做清洁工，她还会有怎样一种生活呢？她在这个世上如此渺小地活着，但她在打扫着这个世界，谁会投她以感激的一瞥？她会在意这样的感激吗？……

几次，我都停下来凝视她，同时，也在凝视我自己。然后，我又断然地走了。我问自己，如果我拿起她的扫帚，我是不是能做到她这么好？一定不能，因为我自命不凡，而她似乎命定过这样的生活，一瞬间我感到羞愧。

前些天我再次凝视她时，她朝我笑了，与她的脸色比起来，她的牙齿显得很白，烟很短，冒着一丝丝的青气。我下意识地摸了一下口袋，然后停了下来，回报她微笑。她一定感受到了我的那种虔敬，所以她的笑展得更开了，然后，又弯下腰去，使尽力气扫地。我看见她的手上戴了两个戒指，一个缀着粉红猫，一个缀了一颗大大的蓝水晶，时下里很流行的那种水晶钻。我再次笑了，朝前面的阳光走去，空气干净，春天在前面盛开。

阳　　春

春风拂面，阳光正好，油菜花已经谢了，鸟儿在嫩枫叶尖唱歌，声音清脆得要穿透了云层，楼下洁白的梨花正开得绚烂。办公室里美丽知性的女人们看着这样大好的春光，便叽叽喳喳商量着，要去旗袍店里买几件旗袍来穿，想来，唯有那绸缎的光泽、花色的驳杂、身形线条的柔美，才是与这眼前的春光绝配之物。

说到旗袍，我忽然就想起一个人来，一个极美丽的女子，一个在我童年里惊鸿一瞥的女子——阳春。她曾是我童年时一直渴望解开但一直未能解开的谜，随着年岁的增长，别乡日久，很多人退出了我生命的舞台，很多的事也就渐渐随之而淡却了，但阳春却一直在我心里存在着。

童年的印象里，每年从油菜花开得金黄、桃花开得娇艳欲滴，到梨花一夜之间开成雪白的这一段时间，空气里一直弥漫着一种醉人的清香。这样的时节，即使只是青草在手上轻轻撩一下，也可能让皮肤敏感上老半天，所以，我们仿佛也能看见空气里有一些能控制人情绪的小虫飞来飞去。

就是这些小虫控制了阳春，让她每年的这个时候都会来到我们的村子。她很年轻，总是穿着曲线玲珑的长旗袍，那旗袍白底起小蓝花，红缎面的绲边，鲜亮的颜色搭配起来，真是一道诱人的风景！她还打着一把旧了却保存完好的油纸伞——那是我第一次见到油纸伞，从没有读过诗，却感觉心中填满了诗意，多少年来，大方地撑一把油纸伞走在阳光底下，竟成为我的一个奢侈而华丽的梦——牵着她小小的女儿，大概与我们一般大小吧，也一样穿着旗袍，却扎着羊角辫，娉娉婷婷、袅袅娜娜地走在油菜花丛中的田间小路上，有时还会哼一两支些微有些忧伤但更多是悠扬的曲子。在物质贫乏思想封闭的八十年代的乡村，村子里的女人，无不皮肤黝黑，腰身粗壮，上衣下裤，方便就好，阳春这样的装扮，是没有的，除非她是一个疯子！

是了，只有疯子才敢这么穿着，这么走着。这样一认定，她便纯乎是一个疯子了，我们这一群小孩子总会不远不近地跟在她后面。其中年龄稍大的西皮大叫一声："阳春癫子！"小伙伴们起先怕她真疯起来，就做好准备要逃，谁知她并不理睬，于是胆大了很多，也随着他一起哄叫："阳春癫子！"这时她转过脸来朝我们嫣然一笑。原来她的脸那样白净，而且稍稍化了点儿妆，明眸善睐、唇红齿白，在油菜花的映衬下显得格外娇艳。她自然没有像其他疯子一样驱赶我们，而是任由我们着了迷似的跟着她，直到各家父母把自己的孩子拉回去，狠狠地打上几板屁股，大家才慢慢断了那份想一探究竟的心思。但是若她第二天来，我们又会不顾一切地跟上；若是第二年来，则早把屁股的疼痛忘到了九霄云外，依然是拼了命地跟着她跑，只是，对她也没有了对疯子的憎恶，女孩子甚至还会在后面照着她走路的样子，一边走一边笑。她还有一件大红和一件淡绿的旗袍，新一点儿，好像是后来做的。是谁帮她做的呢？她是哪里人？她为什么一定要穿旗袍？她的女儿是哪里来的？她的丈夫是谁？她为什么要出来走呢？……太多未解之迹，使阳春就这样以一个谜的形式生根在我们心里了。

同年的伙伴要是谁穿得漂亮一点儿，大家就起哄叫她“阳春癫子”；村里的女人们也想好看点儿，一旦施了点儿粉，就有人笑，你像阳春癫子一样爱俏了；要是男人们为她们买了什么好看的首饰、衣服，女人们又会半嗔半喜地说，你以为我是阳春癫子啊？我们的小伙伴西皮说，那天他还听见他娘对他爹说，还穿旗袍呢，都什么年代了，我见着都不敢拿正眼看，我怕丑呢；你看她的胸和屁股，还不是要勾男人的么？就你们男人爱看，上次她来，我看你就眼直直地看了她半天！我看，她八成是被男人弄疯的！……西皮学这些话给我们听，我们还似懂非懂，可是，西皮又说，第二天早晨他还看见娘偷偷地在镜前将仅有的两件新衣服试了好几遍，又涂了一点儿口红呢。西皮说，其实女人没有不想像阳春那样好看的，但是这里没有人比得上她。我们这些小屁孩子就跟着猛劲点头，甚至有点儿盼着小虫到处飞的春天早点儿来了。

年龄稍长后，知道了阳春是与我们相隔十多里路地方的一个水边村子里的渔民的妻子。据说她会绣花，手艺还特别好，旗袍上的花全是她自己绣的；她还会自己裁衣服，旗袍是她自己做的；能写一手很娟秀的毛笔字，会吟诗，常带她的女儿当窗写字；她的丈夫很矮小，黑瘦，有一天不知怎的，在河边的一条船上捡了她，问她去处也不答，痴痴傻傻的样子，使他不忍心再丢了她，因为家穷，正好娶不上老婆，就顺带娶了她。她平时大门不出二门不迈，只在家里收拾，据说她的家虽然是茅草房，却是一尘不染的；有很多男人欺负她男人弱小，动过她的念头，半夜里钻进她房子，被她做什么事儿吓破了胆，后来大家都说她是仙鬼附体，是惹不得的，只便宜了这个穷渔夫，还替他生了那么漂亮乖巧的女儿；她一到阳春三月就要发病几次，满世界地去“踏”什么“青”；她……

我曾亲眼见阳春的丈夫，果真是矮瘦黑穷，与阳春在一起，天上地下的，真真实实地让人见着了“癞蛤蟆吃着了天鹅肉”，令人难以置信。难道这真是她的归宿？她从哪里来？要到哪里去？这个世界的男人，怎么会因为害怕而不再垂涎她的美丽？她将如何？她留给我无数的谜团，莫名地成为我童年时代最牵挂的一个人。

妈妈说，有一种发疯叫桃花癫，每年春天发病。这种病是痴情造成的，自古都是“痴情女子负心汉”，这种病多半是长得好看的女子才会得。成年后我才明白，也许，阳春得的，正是桃花癫。

一转眼，不见阳春，不闻阳春，又是很多年。仔细想起来，却并不久远。如果可能，她应该还在世上，并好起来了吧？毕竟，二十多年过去了，时光真的能改变很多的东西。如果当初的她真如人们所猜测的一般，是一个受了爱情伤害的女子，那么，她的伤，也应该由她那细心呵护着她，与她相依为命的矮瘦却极善良的丈夫治好了吧？

少　　云

暮秋时经过一片河滩，一大片枯黄的芦苇，顶着银灰色的芦花在眼底延展，一幅广阔的画卷就这样猝不及防地铺开。盛夏时这片河滩的每根翠绿的苇秆上都顶着一支赭红的“蜡烛”，仿佛准备点燃整个夏天。涉水攀一支在手，让人忍不住掰开这毛茸茸的“蜡烛”看个究竟，一掰，许多白色短小轻盈的小飞尘一下子撑开小伞，四散飞去。只是过了几个月而已，盛夏一过，时光一天天老去，时光使每一株芦苇的生命都达到极端，以柔软出现，毛茸、蓬松，轻盈里盛着苍老，它带着轻如蝉翼的分量，顺着风力，像铺开来的云层，夕阳打在一部分芦花上边，看着有些恍惚。“蒹葭苍苍，白露为霜。所谓伊人，在水一方。溯洄从之，道阻且长。溯游从之，宛在水中央”，也许只有这诗才配来描述它，而关于它的品性，也许也只有那一句“人是一根会思考的芦苇”才足以描述它的柔软且坚韧吧？

我一直认为白色的芦花有一种飘扬零落的美，远远地看着一大片一大片的苍灰，心里会生起层层叠叠的伤感。偏它就生在这样的季节！万物凋零空气一天比一天冷下去的季节里，它偏要这样一大片地生长起来！而且，它的生长竟然也不是给人以蓬勃的

生命力量之感，而是一个个苍凉的手势！——然而，如果你曾尝试用火点燃它，你会发现，原来它可以在一瞬间蹿出高而亮的火苗，原来它的内里，蕴藏了那么浓那么烈的热量！

少云的夫家就在河滩边上，从春到秋，满眼都是芦苇。少云的名是她祖父取的，她祖父还给她姑妈看了一个穷人家的孩子做丈夫，说他在同辈人中也算是人尖，她配了他最合适，跟了他一辈子不愁吃穿，还能生个状元儿子。她姑妈是我伯母，那个了不起的儿子就是我堂兄，说起来，我与少云还有些转折亲。少云的祖父给未来的孙子孙女命好名，如愿地把女儿嫁给我年轻英俊聪敏好学的伯父后就去世了，而他的预言在他死后显得无比灵验。他曾说，这个少云啊，也就那样吧，做普普通通的农家女子，平平安安过一辈子也就算了不得了。少云在家里最小，眼睛又大又圆，乌黑水亮，灵气逼人。可是，可怕的预言从她开始读书起就一直跟随着她，她莫名其妙地在初二时就退学了。她退学后每天在家里帮她母亲做些家务，他们家人口多，我经常在放学回家时看见她坐在井边洗衣服。那一大盆衣服堆得像山，她费力然而专心地洗着，把泥巴从衣服上洗下来，用桶从井里打水，清洗，一件一件晾晒。她很沉静，显出与同龄人不协调的成熟。偶尔，她也会问我学校里的事，问同学们的生活情况，即使在退学五六年后，她仍记是那些同学的名字，但是，若说到同学们想来见见她，她便沉默不语，她已经不想与学校有一点点联系了。我常常想，她的青春，是怎么过来的呢？就像那些青涩的芦苇一样，紧紧地裹住自己思想的“茸毛”，让它们守在她的躯壳里，决不

飞逸？

她默默地生长，但她长得并不挺拔。所以在待嫁的岁月里，她也没有被媒人踏破门槛的风光。她看过两三户人家，因为她的家境还算殷实，也年轻而且面庞姣好，所以，那些人家也都还过得去，对于她来说，爱情，似乎是遥不可及的东西，门当户对才是唯一的择偶标准。但是，她毕竟是一个女子，是女子，这如水一般的骨肉，谁不会向往着爱情呢？有一天，她坚定地对她的父亲说，她与冯家的小三儿好上了。这个消息震怒了她的父亲。冯家，那是个怎样的家庭啊，小三儿的父亲有肺病，一天到晚咳嗽；他母亲又胖又懒，还出了名的脏，他们家穷得揭不开锅，小三儿就是因为家里穷得太不像话才退了学。大家知根知底的，谁敢进他们家的门？可是少云偏偏就爱上了这样的一个人！谁听了谁都替少云捏着一把汗呢！

少云的父亲是一个特别专制的人，在当地又因为家族较大，且很早就开始蓄养甲鱼赚了很多钱，有声望有地位，他怎么可能允许自己的女儿嫁到那样的家庭里去！他得知少云爱上小三儿后，火冒三丈，先是威胁小三儿，如果再来他家就打断他的腿，然后，他明令她一向温顺的女儿，除了在家洗衣服做饭，不许出家门一步。那一次，面对父亲的呵斥，少云一声不出，但她的眼睛里写着坚定。她的父亲火了，抄起手边的火钳往她身上抽，她不躲不闪，任她父亲将一腔怒火烧到她身上。她被父亲打得不能动了，趴在床上泪眼汪汪，父亲问她，还要不要小三儿，她还是坚定地点头。

没有父亲是铁石心肠的。从那以后，她父亲开始妥协，尽管风暴仍会时常来临，但父亲的力量远远比不上柔弱的少云的力量，最后，小三儿又在她生活中出现了。

我读大学时，他们俩还是光明正大地好起来了，少云向来不喜欢说话，人一多就脸红，但是，她与小三儿坐在她们家禾场上纳凉，我看到她与小三儿说话时，大大的眼睛里满溢着幸福与快乐，这截然不同于她平日给人的沉默里的忧愁之感。小三儿长得高大，皮肤黝黑，健壮，说笑起来就像全身沐着阳光，全不像是那样的家庭出来的孩子，也难怪少云那样坚定地要跟着他了。我默默地为少云祝福，希望她能在小三儿那里找到真正的幸福。

参加工作后，我很少回去，每次回去也是匆匆，所以关于少云的一些事也只是耳闻。我们过年时会在我伯父家里碰面，她与小三儿都显得有些老了，青春已经不在他们身上，但是，少云看着小三儿时，眼睛里还是有当年的那种光，小三儿对她也是特别关爱，她总算是嫁对了人，我那悬着的心也着了地，但是她结婚六年她都没有孩子，这又是为什么呢？

前年秋天，我一个人在家乡度假，正好遇上少云回娘家，她带了一个女孩子，两岁多的样子，粉粉的、小小的，很招人爱。她邀请我去她家坐坐。于是我来到了那一片河滩上。少云的家是四间高大的瓦房，干净而朴素。她收拾了一间给她的公公婆婆，一间做主卧室，一间做厨房和餐厅，一间放农具，井井有条。站在她家的禾场向远处望，是一大片芦苇，苇场中间有河流穿过。少云说，这个地方是她选的，她喜欢芦苇，看着芦苇那种柔软又随处可以落根而且年年都可以生长得很好的样子，她特别欣慰。少云告诉我，这些年，从父亲不能接受小三儿，到帮小三儿建起自己的养殖场，从一个暗无天日的小牛栏到这宽敞漂亮的房子，不管遇到多少流言、多少否定，她一直坚信小三儿能给她幸福快乐；嫁过来后，因为身体原因她流过几次产，因为不能生孩子她没少受婆婆的气，但是，好在小三儿还是那么爱她，所以再苦再累她也在这个家待下来了，总算是皇天不负有心人，给了她这样一个小小的可爱的女儿……

少云说着这些时，我看到那一片苍苍的芦苇，虽然色泽苍凉，却柔软、坚韧、沉静、安好，美到无可方物……

也许，真的只有这种柔软，才可以抵挡岁月的风沙吧？

异　乡　人

初阳含露的清晨，从大院最深处沿坡而上，经过一堵巨大的迎春花瀑布墙，在食堂旁经年的柑橘树下歇歇脚，橘花刚开，香气醉人。此时橘树下多了一顶墨绿的帐篷，定睛一看，新搬来一户人家，就在花园旁的空地上，以地为席以天为庐，以帐篷为遮蔽外人耳目的屏障，新开了一家蚕丝被加工店。

好奇地走进去，男女主人都热情地招呼第一个光顾的客人。他们皮肤黝黑，牙齿微黄，很健硕，也很爽朗，一口很标准的普通话，让人立马知道这是真正来自异地他乡的“过客”。帐篷有点儿大，里面放置了加工的机器，电脑、床、锅碗瓢盆，还有一台二十寸的电视，虽是早晨，依然开着，放新闻，为这个寂静的小店增添了些许温暖。

刚下过雨，地面有些潮湿，但这丝毫也没有减去小店主人招呼顾客的兴致，他们介绍着各种价位的蚕丝被，并且告诉我怎么区分真假蚕丝。我一边饶有兴趣地听，一边天马行空地想：他们的孩子呢？还有，他们在家乡，又是以怎样的面目示人？在他们的眼里，我这样的本地人，过的又是什么样的生活？

男主人说："您买一床，保管十几年后还要念我们的好。"他的女人在一旁憨憨地笑着说："是的、是的，我家男人做的被子，没有人不说好的，要不您订一床试试？只要六百八十块钱，四斤半足蚕丝，保管您满意。"我说："那就订一床吧，说话间我就要付订金。"男人说："不急不急，您回家印下尺寸，再订也不迟。"

他信心满满的样子，让人感觉他从来都是这么相信人，也从不担心到手的生意会飞掉。而他的女人，微笑着烧水煮饭去了。我说："那好，下班了我再来。"离开时，他们家电视换了一个台，好像放的是"真情"类节目，远远地，隐约听见女人说，又是打工的人出的事，好在我们一直在一起……

黄昏时，阳光斜斜抚着大院的每一栋楼，从幽寂的后门拾级而上，在两旁香樟树的叶影重叠里，在爬山虎墙的微熏醉的脚下，咿咿呀呀的京胡响起，随后是苍老的男声京戏，老练而颇具韵致的唱腔，很有些令人流连忘返。走着走着，京胡声稍停，一个清脆的女声又响，边唱边停边说戏，男声再跟唱，果然，味道又浓了一层……

这是与蚕丝被加工厂相隔不远处的一处"弘文馆"里发出来的。"弘文馆"开在大院的香樟树下，是一对山西来的夫妻开的，因为我向来喜爱书法，所以进去过一次。男的高高大大，皮肤黑黑的，眼睛也乌黑乌黑，三十几岁，专门教授书法，"书法弘文馆"的招牌写得有些劲道，馆里的布置也很有书香气：一个三米长两米宽的大案上，铺着书法垫，放置了许多笔筒和笔架，各种毛笔着了墨色，发出淡淡的墨味；四周的墙上挂了些书画作品，在我看来，虽比不上名家的富于个性，且笔画间有些妖冶的飘味，但基本功是扎实的，这字也算是写出了他自己的特点吧。墙边放着几把二胡和京胡，还有一面小鼓，是他妻子唱京戏的道具。他妻子很娇小，端庄漂亮，皮肤也黑，下巴尖尖，穿很花很艳的衣服，盘高高的头发，却不显得俗，骨子里飘出股子古典味，这大概是京戏带来的。他们有一个小小的女儿，常常在健身区荡秋千，等爸爸来叫她吃饭，然后很乖地跟在后面。

问了一下，男的收书法学徒，不分老幼，女的收京戏爱好者，以中老年票友为主。他们的学生稀稀拉拉，但每次路过，都看不到他们的倦容，总是那样快乐的样子，有时晚上在旁边路过，还能看到从玻璃缝里露出的光，有一次门开着，女的正在指挥男的将墙上的画重挂，两人有说有笑，恩爱有加的样子，看了令人羡慕。可能是爱好与糊口兼得，虽然一样是漂泊异地，他们对当下的生活也算是满意吧。

从京剧声里走到蚕丝店门口，听见那女主人正用方言给在家乡的孩子打电话，对孩子说："妈妈赚了钱就回来看你，你在家乖乖的，听奶奶的话。"她说着说着就流泪了，男人在一旁看电视，说了句："又哭什么？不赚钱看他吃什么穿什么？！"女人听了抹了把泪，又笑，嘴对着电话与孩子亲。可以想象，电话那边的孩子定然是哭着叫妈妈的，这样的叫喊声，怎不令母亲肝肠寸断，归心似箭？

看我走进来，男人严肃的神情换成了笑面，问："印了没有？"我说："刚下班，你就按常见的尺寸做吧。"他说："好。"我再看看旁边，已经堆了几床被子，是白天赶制好的，看起来生意还不错。男人说："出门在外的，全靠你们这些有钱人照应着，不然回家不知道怎么给我那小子交代呢。"说着他瞄了瞄眼角还挂着泪珠的老婆。老婆不好意思地笑着过来招呼我。我心里不由得酸酸的——若是我离开我的儿子漂泊异乡，不能亲自经历他的童年，该是多么无奈与痛苦！

大院里的香樟树，嫩绿初成的小叶将厚厚的老叶子挤得掉了一地，迎春花开了又凋谢了，爬山虎从翠绿到火红到枯萎再转为翠绿，我还是那个天天早出晚归传授着知识看着书写着字的我，弘文馆里的京戏声却越来越多越来越热闹了，每次从石阶一级级走上来，京胡与唱戏声从隐约到清晰，总令人疑为生活在古代，有时候看到那个颀长的男子挥毫泼墨，明明与世无争，散步间遇到时看见的神情里却总是志得意满，我总是惊讶于这种洒然于他乡的态度。

但是，橘树下的那个帐篷不出一个月便搬走了，也不知现在又搭到了何处，他们的孩子是不是在天天盼着他们回家的时光里，一边长大一边习惯了与父母分离的麻木？

他们总是让我想起那些停靠在乡间的“广东”“东莞”“上海”等地的长途客车。我的家乡一样有无数这样的人，在做着他乡人眼中的“异乡人”，但他们的生活大多并不如我身边这位异乡客的美好。他们或挤住在一个个小小的宿舍里，或租着廉价脏乱的贫民窟，或住在工棚或者在刚由他们建起的毛坯房里搭灶。他们被城管驱逐，或者被那些黑心的老板拖欠着工钱，他们与儿女们分离，或者夫妻分居，在苦难中承受孤独和默默煎熬。也许你会觉得“子非鱼安知鱼之乐”，但是，这只是知识精英的一种自我陶醉，你去看看他们日益加深的与这个社会的精英团体之间的隔膜，甚至于敌意，便可知道，一切自以为他们离开乡土漂泊只是为了更多的钱，他们在得到更多的钱时便应该得到一切的满足的想法，全都错了。

如果他们回到家乡，看到那些曾经养育他们但被他们无奈抛弃的青山绿水，已经成为只有富人们才能拥有的奢侈品。他们再也寻不到根，是延续漂泊还是就此停下？

如果你要问我，他们不漂泊能怎样呢？我也无法回答。只是希望，有一处，可以安放他们的灵魂，在这灵魂里，有他们牵挂的父母、孩子，更有他们赖以存活的土地。

我在大街上走着时，越来越多的异乡人使我习惯于这种“他者的喜痛”。可是有一次站在一个唱着新疆民歌的卖新疆烤羊肉串的年轻人面前，我又开始遥想他的家乡……

痕　　迹

1

在童年或者少年时代的某个独自度过的夜晚，月沉暗瓦，我没有任何预兆地睁开双眼，看着月华静静地穿过窗格，流进房子，漫过床，越涨越高，直到完全把我淹没。在一片银色的光海里，我感觉到无法描述的冰冷与绝望，那种窒息感使我动弹不得，我甚至没法弄出一点点声响来打破这一切。

然后我感觉到了母亲、父亲、弟弟、妹妹的死，我看到了整个世界的沉寂。一个又一个的黑洞将我身边的一切吞噬，最后只剩下一个我。无边的悲伤使我绞心绞肺地难受，我猛地坐起，干呕起来。于是，光退了，夜虫开始鸣叫，风轻拂床幔，撩我面庞，一切又恢复了往日模样。

我悄悄起床，走到父母床边，再走到弟妹床边，看了他们很久，看他们酣睡的姿容，听他们均匀地呼吸，才放下心来，重新躺下。可是，那一夜，露脚斜飞，月亮渐渐西沉，晨光慢慢露出端倪，我一直无法重新入睡，我在思索一些问题，关于活着，和死去。

从那以后，我总会在某些暗夜无端由地醒来，久久望着窗外，想着生，想着死。我开始渐渐明白，为什么女巫会不惜一切代价去夺取青春的力量，为什么许多人为了活着不择手段，更开始懂得，来到这世间，对于亲人、朋友和所爱的意义。就像是树梢因风而改变形状，或是沙滩因海浪而变幻模样，虽然最终又总是恢复原状，但风来过，水来过，它们在树和沙的心里留下了痕迹，或者，这才是活着，还是死去的答案。

2

以前每年鬼节烧包，父亲总是让我写包。在毛笔柔软的笔尖，翰墨流淌，那些曾经的亲人们再次被我们忆起。如果没有了我们，这个世界，从哪里得到他们曾经来过的证据？

可是，前些天，当我说起母亲那已经渐渐被人遗忘的名字时，我想起了我的外婆。我努力回忆她姓什么，叫什么名字，可是，似乎有记忆以来，她就没被人提起过，而且那么自然地，我也从来没有想过要知道。

据说外婆在我母亲四岁时便沉潭自杀了。有一天，外婆看见隔着水塘，远远地来了一个穿黑衣服的高大英俊的青年，说是口渴了，向外婆讨口水喝。那时的外婆年轻貌美，笑靥如花，善良热情，不仅给了水，还将冰在井里的粥舀了一碗给他。当天晚上，外婆做了一个奇怪的梦，梦见有一只黑狗滚到了她的床上，怎么也赶不下去。

从此以后，恩爱的外公外婆一见面便吵架，外公总是说，外婆是被黑狗精迷了心窍。外婆最后为了什么自杀，不得而知，一年之后，外公也自杀了。我母亲成了孤儿，由她的外婆抚养才长大成人。

到我们这一代，外婆姓甚名谁无从知晓，就连外公，也只能从母亲的姓氏来判断其姓氏而已，至于母亲的外婆，那个我见过的老人，姓甚名谁，更是无从考证。他们在这个世界上，活着，是为了什么？死去，又是为了什么呢？对于母亲而言，他们只是一个浅浅的脚印，而对于我们，就是仅存的年代久远的故事。再到我们的下一代，便连那一点点痕迹，也完全失去了。那么，生命的存在，究竟是何意味呢？

3

住在一个老院子里。二十年前，这里风光无限，全市的政府要员、经济首脑，全集中在这里。然而，暮去朝来，如今这里只剩下了老人，早晨，或是晚上，院子里的老人们会出来走走，在路边石凳上坐坐，纳凉、聊天，其他时间，一个有着二十几栋房子，古木森森的院子，很少看见行人。

我的窗外，是高大青葱的樟树、沉静文雅的玉兰，遮天蔽日的，长了满满一窗。树外，是一个荒废了的门球场，旁边是一个荒废了的苗圃。我常开玩笑说，一团荒废之中，住了如此新鲜蓬勃的一家子，不知是荒废之不幸，抑或是我之有幸？

我的对门，住了一对八十岁左右的老人，每天傍晚颤颤巍巍地互相搀扶着去健身场散步。望着他们的身影，我总是禁不住地想：他们年轻时，也有过起起落落的故事、轰轰烈烈的爱情吧？他们走过了怎样的人生呢？——对于我而言，老人总是写着无尽的神秘，他们送走一段又一段过去的岁月，他们眼睛里的沧桑，是积淀下来的生命活力，是这世界留下的痕迹啊！

那天，见我站在玉兰树下看老人们在门球场边上的土缝里栽种的菜蔬，玉奶奶端了一杯热气腾腾的茶给我，站在我旁边静静地陪我看。她满头银发，皮肤苍白，身形微胖，行动缓慢。

我说："好可惜啊，这么好的场子，却废了。"她说："是啊，当年，这里好不热闹！每天都有一场比赛，整个场子都围满了人。"说话时，她神采飞扬，沉浸在当时的繁华里，可是，很快，她的神色又黯了下去，如今，老的老、病的病、死的死，整个院子，竟组织不起一支球队了！这个场子，就这样被草长满了啊！还有这个花圃，当年，全市摆出来献礼的花，多半是从这里运出去的……

我静静地听她说着。黄昏的阳光洒向院子，某种温热的东西正悄悄地濡湿我的心……

4

晚自习后，常常一个人走过这院子，院子里树木很多，夜晚便黑影重重，清幽吓人。故而只顾赶路，很少会去想些什么。

那天看完电影时，已经是晚上十一点多了。回家时，一切都静了下来，我们的脚步声就显得异常大。他们父子在前面的树荫下穿过，我远远在跟在后面。就在某一个瞬间，我又仿佛回到了童年或少年时代的那个夜晚——我被某种突起的情绪困住了，无法动弹，不同的是，以前是怕我失去他们，现在，却是怕他们失去我。

我想起了我的母亲。

随着岁月的流逝，她的身影越来越模糊，以至于她曾经用十七年的时间，点点滴滴印在我心里的爱，也越来越遥远，因而我回想起她的频率也越来越小。也许某一天，我会完全忘了她，然后，她在这个世间存在过的痕迹，如风过树梢一般的，没有了。可是那时候，我们那样依恋她，身前身后地叫“妈妈”，似乎我们是永远离不开她的孩子，似乎这个世界唯一的重心就是她。

可是她走了，我们仍旧好好地活着，有时候想起她，更多的时候，忘了她。

现在，我的丈夫、我的孩子，如此离不开我，似乎我就是他们的全部。若有一天，我离开了他们，他们会怎么样呢？工作、生活，短暂的思念，长久的快乐，一样是他们生活的全部。有一天，他们也会忘了我，就像我从来不曾来过一样。

在那一刻，我如此清楚地知道我为什么以这种形式而非其他形式活着。除了内心情绪的排遣，难道我不是努力想留下一点儿到这个世间来过的痕迹吗？等到老了或离开的时候，我要满意地微笑，笑我曾经的努力，让我活得如此充满着自我救赎的意义。

哪怕是风过树梢水过沙，树梢与沙的心里，曾经澎湃，它们要让这个世界知道，风与水，曾经留下痕迹，这生命，曾如此绚烂地绽放过啊！

辑五／匆匆行色

房　　子

暮色四合之际，房子是陷落在城市海洋中的朵朵飞沫，归人，成了飞沫边缘与中心的碎屑，在万家灯火陆续升起的间隙里，每一粒碎屑朝着自己的方向，演绎出人间烟火味道里的无限苍凉。

高耸的楼房，割裂的空间，又使这些碎屑无端端地多了无数屏障。从从前诗歌里的住进山林与花鸟树木为伍，到如今日渐逼仄的生存空隙中住进城市为人们设定的一个个盒子里，究竟是值得欢喜还是值得悲叹，或许只有若干年后我们的后辈才能下定义。而我们，则只管去领受当下，领受时光的偏爱或者厌憎。

从前年少，内心动荡，恨不得天下都是我的，任我驰骋，故而待在一处，只觉出一处的不好，每一天的念头里都存着飞翔，只愿到全世界去颠沛流离，去驰骋征战夺取寸寸山河，以填我胸臆，故而哪怕日夜不眠不休，也不知疲惫，工作的时候生怕放假，放假的时候盼着工作。因此换了许多地方，搬了许多次家，清理过许多次房子，并且乐此不疲。慢慢地，生命的疆域逐渐拓宽，生活的简单被种种繁复取代，回过头去再看青涩岁月那急于逃离的惶然情状，不禁哑然。人如果可以倒过来活，以现在的心去过从前的日子，会怎样呢？

那天黄昏，我正窝在沙发里读马尔克斯的《恶时辰》，楼上忽然传来一阵急促的敲打声，敲得我心烦意乱，紧接着，更高楼层相近似的敲打声也响起，两个声音此起彼伏，相互呼应，令人无法再集中精力扑进那辗转描绘孤独的文字里。我索性放下书，仔细聆听起那声音来。

声音均匀，着力不大，却很笃定，一下与另一下之间没有半分迟疑，可以确定，那是刀剁在砧板上的声音，两处都是。我几乎可以想象楼上的女子身着围裙，站在厨房灶台边剁肉的样子。那声音也随着我填充的想象而变得温暖明净，想想，两家中温润如玉的女子，在这样冷的天色里，为各自的家人做好一窝热气腾腾的肉汤，专等着她们的丈夫和孩子美美地喝上一口，为此而牺牲别人片刻的宁静，又有何不可呢？

黄昏是归家的时候，房子是爱的巢穴，她们在各自的爱巢里构筑属于她们的欢喜忧愁。楼上的女子，有着怎样与众不同的人生？我又想起往常许多个晚上和白天从楼上传来的声音，孩子奔跑嬉闹的咚咚声，拖鞋悠然来去的踢踏声，凳子轰然倒地的呯嚓声，篮球敲击地面的砰砰声，细小急促的跳绳声……有一天午夜梦回，被骤然响起的尖厉哭喊声惊醒，恍惚中听到什么东西摔到地上碎裂开来，各种声响汇成一片，渐渐又在男子的安慰声里平息……

楼上的主妇名叫玉琴，比我小，圆脸，微胖，门牙洁白，微微交错，使她笑起来的时候显得明丽中夹着某种说不清楚的忧伤。我们在装修时认识，因探询彼此装修材料的价格，商讨购买各种家用电器而渐渐了解彼此的故事。玉琴没有工作，育有一男一女，原先随丈夫一起在广州打工，丈夫是技术人员，常常有一些额外的收入，两人省吃俭用积攒了一大笔钱，因为需要安定，便用来在这里买下一套房子。因她丈夫着急在此地安家，他们是交房后第一户搞装修的，并在装修好后不到一个月的时间里迫不及待地搬了进来。此后是连续一年多尝试在本地做生意的日子，每日早晨丈夫出去，玉琴就在家做饭搞家务带孩子，把家拾掇得一尘不染。可惜他们做了两次生意，均是赔本，据玉琴说，原本买完房子住进去就已经没什么积蓄了，被他这么一折腾，生活费用都难以为继。世态炎凉，原先总到她家来混吃混喝的亲戚们看不到他们的前途便渐渐疏远，困窘时她想向别人开口借点儿钱都无法如愿，日子过得艰难之至。

有一段时间我因工作常常晚归，把孩子托付给她，每每去接孩子，都见她跪在地上用抹布一小块一小块地抹地，那同样微胖的丈夫在逗女儿小薇玩，事事愿遂女儿心意，模样极为慈爱。她很少添置新衣，却尽量把桌子上的饭菜做得丰富多样，搭配得当，不愿向别人展示她的窘境。我曾对玉琴说，如果有需要我帮助之处尽管开口，她羞涩地回绝，天无绝人之路，如果生意做不上道，就只能让他回去原地方了。

果然，后来只能让丈夫一人再次南下，他们的两个孩子需要安定生活才能更健康地成长，玉琴只能留下，因囊中羞涩，她很少出门。丈夫每个节日都回来，每次回来都是这个家庭最喜庆的时候。孩子蹦跶，大人恩爱。

想到这儿，在那有节奏的剁肉声里，我分明听到了一家团圆的欢喜。我忽然明白，孤独纵然值得书写，喧闹与尘嚣，相爱的人之间的相互依赖和期待，共筑爱巢并守护之，为家做出牺牲和等待，倔强中守候活着的尊严，才更值得我们去品味与讴歌吧。

洒　水　车

在城市里，洒水车像一个悠然行走的王者，它不疾不徐地走过一条又一条街，远远地望见它来，所有人都要找个安全的场所躲避，等它走过，才敢继续行程。就像截断一河流水，它一路横扫千军地努力分散人群，让那些还没来得及躲避的人狼狈逃窜，绅士的皮鞋和淑女的高跟一样，失去从容的态度，急急地跳开，平时极珍惜的包包，在条件反射中成了挡在额前的一块挡雨板。

白色的水柱以极大的力量冲过路面，夹带满地的灰尘，卷起残存的叶片和人们随手扔下的垃圾，形成一阵灰蒙蒙的水雾，等到车子过去，又飘摇着寻找新的落脚点，而洒水车笨重的身躯自然也夹着一种破坏者的快感冲击人的脑神经。路面干净了，路的两边，多了许多污点和堆积起的脏物，等待环卫工人橘红的身影。

这时再叫你去说出洒水车里放的音乐，恐怕是怎么也不能记得了。

回想起来，那不过是一段警示的乐音，旋律单调，节奏平稳，声音高亢，尖锐刺耳，重复播放使人的听觉神经疲惫而健忘，老是想起超市门口婴孩坐的摇摇车，一元一次，放的是差不多的曲子。即便你定下神来听，即便你听出了它是什么，它也已经失去了原本的美感。不管是《十五的月亮》还是《兰花草》或者《生日快乐》，原本都带着忧伤、离乱和祝福，然而，它重复着与横扫一切的水柱结合在一起穿过城市的大街小巷时，总不免让人听得起腻，怎么也听不到一点点歌中原有的诗意了。

“我从山中来，带着兰花草，种在小园中，希望花开早。一日看三回，看得花时过，兰花却依然，苞也无一个”，胡适所写之词，真是清丽曼妙，只可意会，那种淡淡的企盼而不得的忧伤，使人无法不为之陶醉；至于《十五的月亮》，当年被有着清脆嗓音的董文华唱遍大江南北，“十五的月亮，照在家乡，照在边关。宁静的夜晚，你也思念，我也思念……”，那份宁静中的想念与牵挂，曾经摇曳过多少离人的胸襟？

我总是情不自禁地去揣度那个坐在高高的驾驶室里开洒水车的人的一切，那未知的，而且将永远未知的一切，对我充满了巨大的诱惑力。他们凌晨四点开始工作，孤单而执拗地开着车走过大半个城市，任何一条街道都是他们碾压过、扫射过、征服过的地方，他们必定有着各种不为人知的故事，独特、奇异，但他们永远是别人眼里的过客，有时候连过客都算不上，顶多是一台形同于洒水车的机器，但对于他们而言呢？在他们的睥睨之下，那些匆匆尖叫躲避或者跑过的身影，是丰富且美好还是单薄且可笑的？仔细想来，芸芸众生，谁不是浮在生活表面？唯有他们，在看似滑稽的乐音里洞悉了人生原本荒谬的本质。

是的，那些从它里面放出来的音乐，与喧闹的街市和湍急的水流形成了巨大的反差，却又在一遍又一遍重复的播放和对行人来说有几分刻意的戏谑之中，找到了某个平衡点，歌原有的美好被遗忘，它携带的隐喻，却以一种无法明说的形式被记住。从此，忧伤与离乱，被解构或者篡改成了街市的孤独和叛逃，反复巩固，永不停止。

地　　毯

雨下了整整一天，黄昏时候，摸黑下楼，走到大楼的玻璃门处，一脚踩在软绵绵的东西上，吓得猛地缩回脚，定睛一看，原来门口处铺了一块浅灰镶金线的地毯！看上去，质地极好，不像平常铺在宾馆里的那种，倒像是富贵人家铺在客厅里的。疑是看错，打开廊灯又仔仔细细左左右右看了一遍，果然还是块地毯，且刻意用的高档面料。

且不说这地毯铺得毫无道理，让人不敢相信，毕竟，小区物业管理虽好，这一幢楼却住了七十多户人家，进进出出，损害要有多厉害就有多厉害，单说这样的雨天铺进来，一进门就在这漂亮的地毯上踩干了水，鞋子固然干净了，地毯却糟践得很，毫无必要，想起来都让人觉得怪异，阴森森透着股子邪气。

想想，哪些地方铺地毯不会让人觉得奇怪呢？第一是开张的店面前，铺大红色超薄的廉价地毯，因为它的廉价，大概用过一次就作废，因此踩上去，不管多脏的脚，都不会有歉意，倒是踩的脚越多，人气越旺，正是商家想要的效果。这种红地毯，有时也用在婚礼场合，西方人喜欢穿白婚纱的新娘从红地毯的一端由穿黑西装的父亲牵引着走到另一端，交给新郎，红毯也因此有了仪式性的象征意味。张晓风写过《红毯的另一端》，极温柔缱绻，人间情事，在她笔下，沾了红毯的灵气，自然就有了无法言说的美好。其次是宾馆，宾馆为防走路声音太大影响到他人休息，用地毯消音，顺便擦净鞋底灰尘，等到了房间，一身干净，自然是惬意。只是，几近密闭的宾馆房间，无论清扫得有多干净，总免不了有种天长日久的腥气，那是地毯夹带着各式人的气味，可以冲得人发晕。再便是人家的客厅，或是卧房，放置地毯为了方便随时坐卧，面积小，布面的化纤味道，会因久处其中而被冲淡，但再淡也不是理想中的清香。

乡下是从来不铺地毯的，泥一脚水一脚，地毯只能徒增洗刷的麻烦。要想找到地毯的感觉，去草地上打几个滚，可以一点儿泥不沾，还有泥土味和青草味沁人心脾，胜过城里的任何一种名贵地毯。因此，在乡下待过的人，不习惯城里的地毯，它使人无比矛盾：既因它的干净柔软而担心踩坏它，又因它的故作姿态而讨厌接触它。

这门口的地毯，摆明了是要让人胆怯的，以后进门出门，每在上面踩上一脚，我都将非常抱歉，觉得我那风尘仆仆的脚，有辱于它的洁净高贵。或许，它只是在考验我们的承受力吧？比如，习惯了简单甚而低贱的身份，忽然一日高贵起来，是要惶恐不安的，正如我此时的心情。

玻璃门外雨仍在下着，断断续续有人推门进来，所有刚进来的人都会愣一下，然后若无其事地踩过去，地毯渐渐被踩得湿漉漉的，令人心疼。我甚至有一种要卷起它的冲动。没有地毯，我们照样过当下的生活，为什么一定要这样一张名贵的东西，来使我的生活瞬间变成另一种状态呢？一种真正的，只属于街市人的状态，一种破坏着什么，还能心安理得的状态。

停　　电

村子没有通电的日子，我经历过。油灯的光晕很小，黄黄的，只照得见眼前，总投下长长的影子，虽然做事效率低下，却别有一种温馨。后来有了电，夜晚与白天渐渐打成一片，就像现在冬天和春天、秋天打成一片一样，混淆了黑白的日子，固然从某种意义上来说延长了生命，却同时使一切变得紧迫起来，生命的路，在有灯的晚上，变得漫长却窄了。

那年我去上海，从下午一点开始，听着外滩的钟声每隔十五分钟敲响一次，声音在黄浦江边回旋良久，直到浦东那一大片享誉世界代表都市文明的建筑上的灯陆续亮起，形成江边不可不看的风景。然而，灯光璀璨中，我唯一的念头却是，如果电突然停了，江的对岸，那热闹的一切是否将陷入死寂？沉入黑暗中的街市，还能叫街市么？黑暗抹平一切，使其回到最初的起点。黑暗是最公平的利器。

渴望一次街市里大面积停电的念头因此来得分外强烈，我只是想看看自己对于黑暗到底有多适应，或者说，我只是渴望看看人们在黑暗中有光的世界里待久了，回到原始的状态去，会是什么样子。

这样的机会来得很突然，它发生在白天。

那天，我去金源大厦二十三楼录课。我穿了呢子大衣，踩着高跟鞋，化了淡妆，提了电脑，施施然走向大厦。刚进大厦，就听见保安用抱歉的语调说："对不起，大厦停电了。"白天停电？没关系，我毫不在意，依旧往里面走。走到电梯口，按下电梯键，才意识到，停电了。问题瞬间变得有些严重——爬二十三层楼，对于一双穿着高跟鞋的脚，绝对是一种巨大的考验。

电话来了，说他们发了电，只等我一人开录。那就爬吧，只是二十三层而已。

我从楼梯口钻了进去。天，随着安全门的关闭，伸手不见五指的黑暗逼退白日的光明朝我席卷而来。我大声"嘿"了一句，试图叫亮声控灯，黑暗纹丝不动，哦，停电了。我再次反应过来，只好考虑用手机照明。

周围寂静得可怕，似乎整栋大楼只有我一个人，这让我开始害怕这浓得化不开的黑暗。那是我多少年都没有体验过的恐惧、恐慌，即使是夜晚、凌晨，最黑的时候，街市的灯，也没有完全熄灭过，一点点光也能穿透夜空，更何况，夜空本身还有一种光，那微光虽不够明亮，却足以给人安定感。但这楼道两侧是厚实的高墙，摸出手机，"手电筒"我还没有学会用，且手机电量也已不足，靠屏幕的微光只能照见近身一米不到的地方。

漫长的楼梯。漫长的黑暗。在黑暗里，我除了害怕突然蹿出一个人来谋命，还得赶紧一层层走上去直到看见一线光以求自保，再不能有别的思考。后来我回想当时，这种想法太奇怪了，这不是我应该有的想法，在难得的黑暗中，我难道不应该庆幸终于有一个非人为的时间，可以让自己回归到一直都在怀念着的类似于乡村的静谧时光，从而让自己有更深刻的关于人生与命运的思考？偏偏没有。

气喘吁吁爬上七楼，总算，从开着的安全门处，有一方明亮的光照了进来，我顿时欢欣雀跃，觉得是上帝的恩赐。白日的光，那种平安的、稳定的、寂静的光，那种在日常生活里习以为常的光，在刚刚照彻黑暗的一瞬间显出了它的无比珍贵。相比于累得要命的双腿暂得休息，双眼的饕餮盛宴，才弥足珍贵。

于是我想到了电与光对于夜晚的珍贵，对于街市的珍贵，而街市，不知道在什么时候，以一种什么样的姿态，盘踞了我的生命，使我对原本抗拒的东西开始习以为常，失去这些东西，我竟开始有无法排遣的恐慌。渴望有一个全面停电的夜晚的念头，再一次猛烈地冲击我。

门　　面

从前住在政府大院时，为了抄近路，每天都要从桃花仑穿过凯德广场一楼，穿过许多光鲜亮丽的门面，穿过这个城市最繁华最昂贵的一段路，下二十一级楼梯，越过一棵古老的梧桐，再辗转上三十二级石阶，摸一下拐弯处的石榴树，进入一大片参天香樟和松柏搭成的园子，然后经过一个简易健身场，下一个坡，上二楼，到家。

我一直都很享受那十几分钟的路程，它几乎每天都会有细微的不同，以此彰显活着的尊贵。有时梧桐落下的叶片正好飘到我头顶，带着某种难以言说的凄凉；有时在拐弯处会有婴儿在童车里酣睡，年轻的母亲则完全在想另一种心事；有时则是独为院子而建的水塔旁，那曾象征着这座城市最高身份的古旧三层小楼里飞出的歌声，像片片尚存锋利的竹叶，轻轻滑下来，也能割伤人的肌肤。

凯德广场的门面常常换内容，有时是高档服装专卖，有时是高档鞋，或者具有国际范的饰品，抑或是一线品牌化妆品，即使有好几个月不换内容，营业员的面孔也一定是过几天就换一批，鲜有做到一年以上的。唯一不变的是，无论怎样换，它必定最终都是光彩夺目的，成天亮着灯光，照得四壁璀璨。夏天空调开到最冷，冬天则温暖如春，每个门面都以最大的诚意和最洁净高贵的样子向人招手，让你欲罢不能。那时候，我私下里担心过的，一是过一段时间就敲掉重来，明明前一家亏本，为什么后一家还要“凛然赴死”？二是常常这样敲来敲去，这大楼不会垮吗？尽管我明明知道这是杞人忧天。

后来我搬离了大院，所经之路，依然要过很多门面，那些门面也依然过些时间就变换样子，做不同的生意，光鲜夺目，唯一不同的是，这些门面是临街的，街道上车水马龙、市井百态，都是门面的另一种背景。随着时间推移，黄金地段的黄金铺面，以前是品牌鞋服，男女皆有，如今渐渐败落，取而代之的是移动联通卖各种手机的，或者是珠宝店，服务员全是一身标准店员装束，一口标准普通话，店里连白天都灯火通明，地板也能照出人影，显得特别气派。它们稳住了一街的繁盛，成天铺红地毯放高音喇叭争抢着搞活动，满条街都是“特价优惠”，聒噪得很。渐渐地，我很少再去欣赏这些门面去担心根本担心不了的问题了。

然而后来，在这样的繁荣喧嚣中，竟然住进了一家廉价服装店，店门口有一个大货柜，衣服堆成小山，十元二十元任人挑选。店员全是二十上下的年轻人，还专门有一个人，搬了个高凳子，放在店面前的路上，手里拿件衣服，不停地一边摇一边喊，请进店买衣服！而店里的店员则万分热情，你一旦进去，不买件衣服出来都会觉得不好意思。

开始我对这种销售方式十分反感，时间一久，那个年轻人的影子倒挤进了我的脑海——我上班时，他在摇衣服满腹激情地喊，我下班时，他还在摇衣服满腹激情地喊，日复一日。这使我的心里，不由生出几分敬意来，每日路过，总要对他行以注目礼。与此同时，我又不免担心他们的店终究要撑不下去，毕竟，那样的声嘶力竭，那样的点头哈腰，对于习以为常的人而言，只能使人麻木，如此，倒不如沉默寂静来得更有尊严。

还有一家，一年之中换了四个东家，从做服装到做零食到做水果再到做化妆品，那些新的又成为旧的老板总让人想起一现的昙花。昙花还让人记得住美，逝去的店就像流逝的水，很快被新的街市新的一切覆盖，一点儿痕迹都留不下。

有一天我身体不适，躺在车子里穿过这条街，一不小心，从车窗里，看到了那些努力地繁华生长的树，叶子上蒙满了灰，不甘心地泛着它原意浓郁的绿，树缝里一幢幢并不雄伟高峻的建筑，墙面颜色暗淡斑驳，上面还留着过去时代的标语，那是岁月的印痕，建筑外晒着的五颜六色的衣服，是平常百姓在这拥挤的人间最顽强的见证……

在不经意间，我看到了一个不一样的街市，我看到了时光飞逝如流的罅隙里，那些在逼仄的空间里生活的人。我突然意识到，这些光鲜的门面、微笑着的面孔和被人习惯性地忽略的服务者背后，藏了多少不为人知的潮湿、阴冷和艰难？否则，何以解释他们的相继涌现与相继退隐？

“门面”的真正含义向我迎面扑来，使我的鼻子酸得发痛。请原谅我这样的后知后觉者，我想要的，只不过是生活的真相。但真相真的出现时，我还没有可以承受的坚硬与成熟。

孔雀绿风衣

与那件孔雀绿风衣邂逅，是在清理衣柜发现衣服太多每天早晨都要为穿什么衣服而烦不胜烦，下定决心今年不再买冬衣之后。

那天下班，已是晚上九点半，回家路上，寒风呼啸，出租车邈然无影，只好步行回家。走过许多紧闭的门面，忽然看到一间仍亮着灯开着门。手脚冰冷的我，当时只想进去蹭下空调，为继续抵抗寒冷积蓄点儿力量。谁知，一推开门，我的目光就被挂在架子上的一件长款孔雀绿风衣粘住了。

它只不过是一件小西装领的欧版羊绒大衣，绿色的面料泛着低调的蓝，简洁时尚而不张扬。我被它吸引，或许只是因为我一直太想拥有却因为身高限制而不敢去尝试吧。

见我盯着那件风衣看，一个扎着高高马尾的年轻女孩走过来，问我："您喜欢它？试试？"我摇头："不，我这样的身高，穿起来肯定不好看，只是这风衣确实太漂亮了。”她笑了：“您身高很好啊，试试，就知道可不可以了。”我还在摇着头，她就已经把衣服取了下来，说：“只是套一下，凡事不试，就不会有第一次，也就永远没有成功的机会了。”

我承认，它诱惑了我，使决定不再买冬衣的我，穿上了它。风衣齐脚踝以上一寸，非常熨帖，笔挺的背和一粒扣子造出的腰线，使整个人看起来很精神——效果好得出人意料。女孩说：“您身材这么好，这款太适合您了，如果配一件白色长棉衬衣，想必效果会更好。”

那就配吧。我穿上白棉衬衣，再套上风衣。我承认，这就是我寻寻觅觅一直想要的一款。我不需要任何人的参考意见，可以确定这就是为我而做的一件衣服，那么，买下它吧！就在要出钱的时候，我犹豫了。冬天就要过完了，我有必要吗？上午才买了两件衣服，又买，不会太奢侈吗？衣服穿在身上，不过是从别人夸赞的目光里得到一点儿自信而已，不虚荣吗？为了一个款式就可以重复建设若干，不厌烦吗？

这若干个问题挡在我面前，使我对自己的决定产生了怀疑。

女人的时装，永远是街市最大的亮点。每一季专为女人而流行起来的颜色、款式，将整个街市装扮得生机勃勃。迷你短裙流行过一阵子，中裙又上场，中裙过去，又可能是长裙的天下，有时红色占据大片江山，有时蓝色一统天下，有时又是绿色上场。有一年冬天流行深紫，满大街深紫色衣裙，进门去买，营业员小姐见你挑到一件紫色的，一定会说，紫色好啊，今年流行紫色。过了十年，流行的颜色换了一茬又一茬，存在柜子里的那件紫色袄子，一直等待它的东山再起，果然，去冬又流行了一冬的浅紫。外套是前些年持续流行过几年的双排扣收腰，今年忽然变成了宽松的韩版或欧版雄霸天下，柜子里藏着的衣服，怎么看都免不了落后的感觉。

这令人不由得想起清贫的童年与少年时，乡下穷困的年代，衣裤能保存完整已是生活的大恩赐，挑选适合自己的衣服，是做梦也不敢想的事。我们家的衣服大多是街市上的亲戚穿旧了的，父亲去一趟姑姑家，就背一大袋子衣服回来，大人、小孩的都有，任由我们挑选。偶尔也会选到自己喜欢的，总要穿上暗暗地多照几回镜子。

人是不可预想自己的未来的，单只穿衣而言，如今这种衣服不只为御寒遮羞而是为了更体面地生活的状态，在二十几年前，是一个遥远而奢侈的梦罢了，才几十年的时间，事情就到了过犹不及的地步。如同我想过的若干个关于高楼大厦空调冰箱的傻问题一样，路过街市那么多的服装店，看到那么多堆叠的衣服，我总是忍不住想：这么多衣服，全都能卖掉？买它们的人，未必能穿到烂吧？那么，它们将给环境造成多大的负担啊！这样想着，我就能控制自己总是想要无穷获取的心，或者说“爱美的本能”，而毅然拒绝来自于“衣服”的诱惑了。

然而，一旦站在这件孔雀绿风衣前，我就几乎完全忘了我的消费原则，明显感觉到从心里涌出来的不可控制的强大欲望，那不仅仅是对一件衣服的强烈欢喜，更是对这个巨大无边的物质世界的屈服投降俯首称臣。

在激烈的思想斗争之后，我还是空着手迈出温暖的小店，走进了寒风之中。在后来的不少于十个日夜里，我只要一想到它，就有种要冲出去买下它的冲动，我的灵魂为这件没有得到的大衣颤抖不已，直到春天到来，温暖的空气带来新的惊喜，它才慢慢淡出我的视线。

记　　忆

周日那天，天边的晚霞红艳似火，我记得；晚餐前我读了一小段茨威格的《昨日的世界》，书里写道犹太人在维也纳对艺术的膜拜，我记得；晚餐时候我放了一段萨克斯音乐，家里人都安安静静地享受着并不丰盛的菜肴，我有怡然自得之感，我记得；因为担心孩儿看电视不睡觉，出门前我顺手抽出了电视数码卡，我记得；那天晚上，我上晚班，读了整整一晚的顾城，那一句“我想在大地上画满窗子，让所有习惯黑暗的眼睛都习惯光明”，我尤其记得。

四天后的中午。我一个人回家，下了一碗面条，坐在沙发上一筷子一筷子地提进嘴里。时光静得让人简直能听见它从身边流过的声音，客厅的大落地窗前，太阳的光线噗噗地一根一根落下，仿佛刻意地提醒着我，明媚呀，明媚呀！放眼远眺，近处的移动通讯塔、远处的烟囱、高高低低的楼市、来来往往的车流，城市云烟，人生起伏，全在，而我，竟似在这一切之外。孤独寂寥之感霎时席卷而至，遗弃，或是被遗弃，究竟是我的宿命，还是这个城市的宿命？

想要点儿人声，于是想起电视，便打开电视。可是电视蓝屏，显示着“请插卡”，我一下子蒙了，卡呢？谁这么找抽，竟然把卡藏起来？我一边慢慢地吃着面条，一边发问，是孩儿吗，莫非他想藏起来，趁我们不在家大看特看？不会，他一天到晚嚷着要看动画片，完全没这个必要；是我的他？也不对，他基本上只看手机，对电视没兴趣；是我自己吗？可能是的。我有动机——我向来似乎与电视有仇，虽然事实上我也常常无聊地守着某个肥皂剧，让不令人痛苦的牵挂一日日地去挤走那些让人痛苦的牵挂。

脑海里蹦出一个片断，我分明看见自己从机顶盒里取出数码卡，想找个安全的地方藏起来，而且，很果断地，我把它藏起来了，藏在一个儿子绝对找不到的地方。没错，是我，不会是别人。那么，卡藏在哪里了呢？

我的记忆像电影倒带一般，把我带到了四天前的那个黄昏。一切细节全记起来了。是的，那天我很忙，虽然是周日，但因为孩儿跳完街舞回来，还有几道数学题要做，就来问我，而我，在看书。我看书或者写什么东西时，最不喜欢被人打扰，所以敷衍他说，自己想想。他想着想着就呜呜哭了，我气急败坏地放下书跑过去安慰他，给他讲解，可是，他依然不懂，或者说因为他并不投入，所以我生气了，批评了他，心中怅烦。一下子就到黄昏了，即将来临的晚班逼着我又要手忙脚乱地去做饭，做饭时我并不心甘情愿，因为我的书还没有看得尽兴，却又不得不因着一个家庭主妇的身份而停止我喜欢做的一切。我讨厌做饭，从小就是，但自从我嫁了人，我不得不天天做饭，而且偶尔还会说服自己，食物是值得崇拜的，要好好对待食材，这是令人多么无可奈何的事！做饭时我又想起昨天晒的衣服已经干了，要收起来，要叠起来，又手忙脚乱地去收衣服。在这个空隙里，我同时还发现地面上又落了灰尘，我得扫掉，并且双脚跪地，翘起屁股拿着抹布一片一片地儿地擦。上帝从高空俯视下来时，我一定是一个十分称职的主妇。正擦时，小外甥尖声长叫，仿佛楼顶的灰尘都被他叫落下来，洒了一些在我眼里，我的脑袋一片混沌，跑过去看，原来是儿子在逗他，他不喜欢这种傻瓜似的做派，以叫声表示反抗，我冲过去一人骂了一句，又跑回来切菜，油已经烧得冒烟了，我得抓紧。事实上，即便如此，我的脑海里还在盘算着怎样利用多出来的一点儿时间，把正看到兴头的书给看完。

这样，晚饭便迟了一点儿，吃完时距离晚班时间只有十二分钟。无数次实践证明，我可以用十分钟时间，下楼，开车，夺路狂奔，跑着上楼，气喘吁吁，踩着铃声进教室。多出的两分钟，我收碗、抹桌子、整理包、穿鞋，叮嘱他们晚上在家注意安全，穿好鞋，又兀自跑进书房拿了一本顾城的诗集，我确定自己需要顾城那颗永远不老的心。是的，在出发前的空隙里，我还抽出了一张电视数码卡。

此时，我清晰地记起，是我自己藏起了这张卡。

可是，我把它藏到哪里去了呢？我又将记忆倒带，重来了一遍。这一遍里，我一秒钟一秒钟地放，不放过任何一环。是了，我在出门时，叮嘱儿子："晚上可以看完汪曾祺的《受戒》。"儿子嘟囔了一句，我的血又涌了一下，我说："你长大了，要看些成熟的书。"他说："可是我不想长大。"我有点儿为他这话上火，但是忍了，因为要出门了。我盯着他看了一眼，他的泪就浮了上来，整个神情半似叛逆半似委屈。我来不及细说，就去抽电视机卡，当时我想，放在台子上的花瓶下？不行，他坐在沙发上一定能看了花瓶底有古怪；那么我就放在电话本里？要是他想给谁打电话，一翻开不就找到了？或者放到抽屉里？药盒里？

还是我自己的钱包里？

不管我怎样用劲，记忆在我要藏起卡的那一瞬间，就像掉入了一个黑洞，被无边无际的黑暗吞没了，半点儿也搜寻不着。无论我怎样努力，锁定所藏的区域，我都无法记起藏卡的那个细节。我只记得前奏、尾音，当时的天色，关于藏的动作，但是，那个藏卡的地点，带着我藏起来的卡，消失得就像从来没有出现过。

后来，我又无法记起我是怎么吃完那一整碗面条并且洗完碗的，我的他什么时候回来，我向他诉说了什么，以及他怎么回答的。据说我直着眼把整个房子翻了一个底朝天，包括我们放各种证件的包，以及我伸手能拿到的每一本书。但我记得我无助而固执地寻找，不再是为了一张卡，而是为了一个记忆，一个无缘无故消失得点滴不剩的记忆，这令我整整一个下午和晚上陷入了恐惧和绝望之中——母亲曾说过，这世间有一种调皮的小鬼，会偷偷地把某些东西藏起来，你越找，他越不让你找到，然后，他就把你整个人带到虚无中去了。

第二天早晨，我又将办公室所有可能藏卡的地方找了一遍，结果依然是没有。往后的每一天，我仍没有放弃寻找，虽然使劲回忆当时情况的时间渐次减少，但记忆陷入黑洞的恐惧却渐次加强。为了找回令我恐惧的丢失了的记忆，我甚至把过去的日记翻出来看，许多已经完全记不起容颜和一些连名字都陌生的人闯入了我的视野，一段又一段的故事在日记中出现，包括某个人的笑，某个人打的一个赌，以及曾有过的撕心裂肺爱恨纠缠，当时的心情奇奇怪怪如天上时时变幻的云朵，它甚至使我怀疑，那被记载了的过去的时光，果真一个个都是我所经历了的么？

如此说来，记忆就是岁月的全部，是生命的另一个符号？倘若没有了这些记忆，我们从何处获得存在的价值？浮光掠影的往事，我们之所以记住了这个而忘却了那个，到底是命运的指使，还是我们自己在岁月深处有意为之？那些如我丢掉卡片一般消失在了记忆黑洞里的物事，是否真是我们曾经存在过的分秒？如果有一天，记忆从我们的脑海里完全消失，那么，我们的人生，飞扬的诗性，细碎的感观，肆意的欢笑和畅流的泪水，是否白白挥洒流淌？

米兰·昆德拉在《被背叛的遗嘱》里写道，福克纳的小说《野棕榈》的结尾，是女人因流产失败而死去，男人在监狱里本想为此吞毒自杀，但最后打消了这一念头，因为唯一能延长他所爱女人的生命的办法，是把她长久地保留在记忆里。福克纳的小说我没有看过，但昆德拉的叙述让我的记忆牢牢记住了他关于记忆的叙说，此时因丢失在记忆黑洞里的电视卡引发的苦恼，引我想起了昆德拉的小说。记忆的宿命，此时更显难测。在记忆、生活和个人的历史中，我仿佛看到，我们每个人都是一条隐秘的河流，在生的洪波中辗转，沉淀一些，消散一些，不到尽头不知道会有什么伴随这种种颠簸，唯一可以确认的是：命运不断把我们卷入新的宇宙，命运也毫不留情带走那些我们以为最不能失去的馈赠。所谓的生活就是学会放手，放手欢乐痛苦，以及关于这些的记忆？

我在写下这篇文章之前，本来想写那些被我们的记忆丢失了的东西，可是，记忆把我带到了这里，它甚至让我想起了老年痴呆症和关于老年痴呆症的最美丽的一个故事——《恋恋记事本》，在那里，老年的诺亚，总是在给老年的艾莉念着一本旧日记，日记里记载着一对恋人怎么在经历种种波折后倾心相爱，故事念到最末，艾莉终于记起了日记里的一切，记起眼前这个老头诺亚。可是，五分钟后，她的记忆又全都消失，她又要重新来听一遍这个故事，那是她前半生的全部生命。到底，恐惧的，是失去记忆的她呢，还是眼看着她失去记忆，逐渐远离，却扯不住她的手的诺亚？

我想起张岱的《陶庵梦忆》，想他披发入山林时回忆曾经历的种种繁华萧瑟，我想起沈复的《浮生六记》里芸娘的娇俏妩媚，最终全成浮生一梦，我想起董桥在老年时写下的《橄榄香》里那些美丽丰富的女性……这些，岂不都是他们从大脑攫取并不可靠的记忆碎片，去包裹他们的一生？

至此，失去卡片并且绝对无法再找到它的我，为那黑洞的无边无际，更加恐惧了。我开始明白，无论是乡下的墓地棺材，还是城里的骨灰碑石，都凝聚了无数曾有过却消失得无影无踪的记忆。记忆，难道不就是生命么？从这个意义上来说，每一本书、每一幅画、每一场电影，都是一场个体生命对虚无的宣战，我们站在这些战役之外隔岸观火，却也发现内心早已波澜壮阔。记忆追赶着记忆，生命叠加着生命，永恒和虚无成了所有智慧生命的迷思，我能为此而做什么呢？是使劲地去记住每一个我想要记住的人和细节，还是遗忘那些本该遗忘的事？

此时，夜阑人静，对面窗台里，有人影背对，着笔为书。那便是我，为记忆的书写。到天明，书写，便成我的记忆。记忆在哪里，生命就如繁花，次第盛开，汇聚成海。

辑六／大地心音

草　　木

1

如果你从来不曾好好去看一根草抽芽、一朵花吐蕊，不曾闻一下空气中杂着的微香，或是抚摩一片含羞草的叶子，也不曾尝一剂草药的苦涩、一颗莲子的清甜，更不曾坐在一根树根上与它聊天，看岁月洗涤而下的痕迹，或是静对一根沉香木，顺着光阴之线溯流而上，你可能真的会相信，草木不配与我们一起享受“生命”这一称呼，你可能真的会以为，佛家“草木不能进入六道轮回”，不过是因为六道众生，皆为有情众生，而草木无情，不在此类。

岂不知，因果机缘，天下苍生，行善作恶，不过是人的视角而已。在草木的视角里，哪里知道人是不是也不配进入到“六道轮回”里去？

连神鬼都要以草木为其房子，但草木却不依人而存。如此看来，真正该居高临下俯视众生的，该是草木才是啊！

许多年许多代过去，受了“佛”的蛊惑，人们砍柴烧火取暖，劈树做琴奏乐，将木们裁成门窗、板凳，甚或佛尊前的木鱼，或是将花神树神寄在草木身上，丝毫不感惋惜，以为理所当然。偏偏曹雪芹生一双慧眼，在《红楼梦》里，最干净的女孩黛玉，却是灵河岸边的绛珠仙草化成，配得起她的，当然也不能在“六道轮回”里，便只是全无情意的石头了。宝玉可不就是这样一块石头么？就是这“木石前盟”，才演绎上了“怀金悼玉的《红楼梦》”。曹雪芹大胆，抛开一切不顾，不过是为了一副水样心肠。可见草木金石，与水与土相同，才真是最最懂情之物。

2

春日灿阳，最能催生活跃，草木因一季又一季吸风饮露，终于得最好的时光舒展，忙忙地把风携上，它们的气息，芬芳、妖娆，噗噗地，沾在人的发梢、眉角，沾入你的每一个毛孔，沉寂了一冬的细胞，怎经得起这热烈蓬勃的情意如此排山倒海而来？于是，红润起来，胀裂开来，于是艳若桃李，然后，过了，过了，便是一大片红，一大片的干裂与痒，草木才不管，依然故我地扑扑落下，继续芬芳与妖娆。

后来姚先生说：“你这病，该是春天才有的。”我说：“不对，年前很冷时就开始了。”姚先生笑了：“年前，可不是刚刚立春么？”我一惊，忙去翻日历，一看，吓一跳——立春第三天开始。姚先生诡异地笑了，说道：“你这病，只有草能治，信不信？”

姚先生年近六十，写药单子，一笔一画很认真，不似我小时候见到的医生，龙飞凤舞，一字不能认出。他写下“金芥、赤芍、防风、知母、牛蒡子、生地、黄芩、川芎、苦参、秦艽、木通……”这些草的名字，平平仄仄，就像一首首诗。我一下子就被这些名字吸引了，拿了单子跑到药房抓药，只见一大堵墙，全被枣红色的发出古旧气息的木柜占据，木柜分若干小格，抽屉外面白底黑字写着种种药名，多是草木之名。药师对这些抽屉熟悉得就像自己的手指有几个关节，而那些被拿出分成很多份的一味味药，其实就是各种各样来自于山间地头的草，晒干了，便成了它们。

它们各个身怀绝技，但又不能单独成行。被姚先生选中的这些草，成了被太子丹选中的荆轲与樊於期，被项羽选中的将士，破釜沉舟，背水一战，从繁荣到干枯，只为了那一口冲锋陷阵击退疾病的汤。汤喝下去，一天天，红真的渐渐退了，皮肤和脸色比之前还好。我又去找姚先生要美容的草药，姚先生笑而不答，见我焦急，只说了一句，它有多好，就有多毒，万物相克，怎可吃药只为美容？我心有不甘，花了整整三天去读《本草纲目》，从金银花、车前草、雷公藤，读到野菊花、蒲公英、枳壳、紫花地丁，全是儿时采过的，这些草木，平凡得几乎每一天都在你的呼吸里，在你身边脚下，生长死灭，如果不是偶然发现它们于人的种种厉害之处，怎么可能被我们冠以如此特别的名字？

3

忽又想起年少时采药的时光来。艾草是用镰刀子一大把一大把地撩，泡汤洗澡，捆艾熏香；野菊花是用手一束一束地撮，泡茶待客，晒花为枕；金银花是一朵一朵地拣，研末做汤，撒花解凉；枳壳是一片一片地切，和米炒砂，烫肚驱寒……最有意思的，就是看蒲公英化成伞，在太阳底下任意飘荡。蒲公英的药用我一直并不明了，但看这四处撒野的情形，大概与通经脉相关？

阳春三月，犁耙水响，紫燕归来，阳光照在水田里，寒冷已成强弩之末。想起那句“漠漠水田飞白鹭”，正应了儿时的景。这时采草药筹文具费用的孩子们全在田埂地头翻呢，专找野薤白，俗称野茭子。它藏得很深，苗墨绿似蒜，里面的薤白头像放大很多倍的水滴，故而要连根拔起，很需要技巧与力气。那时薤白卖价很好，一棵值五分钱，我们见了，就像见了金子一样两眼放光，一哄而上去抢拔。然而往往这样的时候是无法得到的，苗一扯就断，埋在土里的薤白得用手去抠，等你抠出来，别人早就找到第二棵第三棵了。据说薤白有温补作用，可健胃开脾，助消化，解油腻，促进食欲，有一次把采来的薤白和着油盐炒了，果然味道极好，使人要感谢味蕾之于人的恩赐。

的确，味蕾之于人，在于能尝百味达百骸，更在其能尝甘苦。要知道，草木的甘苦，一如人生，唯尝可知。比如穿心莲，就长在最甘甜的莲肉里。一口下去，甜中有苦，苦中有甜，真是百味杂陈。莲子清心，一因其本身如水，一因其苦能使甜味更甘，有回味之余地。于是又想到了佛坐莲台，忽然明白，为什么佛坐的是莲台而非其他草木鸟兽之一了。

4

有一次随友人去看根雕，远远地，闻见楠木的香，便陶醉了。

陈列室里的根雕，在雕刻家手里，变成了各种形状各种故事，我唯爱隐在阴沉木里的佛和猴。阴沉木经历了两千年至上万年，经历了地震、洪水、泥石流，经历了被埋在淤泥中，缺氧、高压的状态，人世的变迁对它而言，只是年年月月不变的时光罢了，它静静地等待着某一天重见天日，重新焕发生机。它的沉静，不是只有真正的佛和通灵的猴才能配么？如果说草木没有生命，又怎么来解释它在经历岁月之后顽固的自我释放？

相比于留在时光深处的阴沉木，似乎其他草木要贫贱得多吧！那田间的野草，不是一到秋天就被明丽的阳光烤成了枯黄么？干枯了的草木，能化成中药去做人士卒者，或许还甘心于最后的奉献吧，那田间被一把火烧了，化成缕缕青烟，只为装点田野寥廓的草们，也会痛么？或许它们也知道，这样的烟，使人无法不起乡愁，在乡愁声声里，又一年的春草全绿了……

一年又一年的春草绿，不正是草木轮回的倔强么？一如我们，也曾经活得坦然，天然诗性，后来渐渐混沌，被盖上各样身份的印记，浮在所有生活的表面，不够馥郁。直到有一天，生活的百般滋味，酿成了浓烈的酒，红高粱酒、谷酒，或是一大桶葡萄酒，我们自己也全随之化为了草木，回归了大地。

曾经，大地的忧伤，只有草木知道，草木的忧伤，风知道，云知道，流岚知道，朝阳知道。我没有根，不曾深入大地，也没有叶，不曾在空中伸展双臂，去呼那风，唤那云，挽那流岚，吻那朝阳，所以，我不懂大地的忧伤，更不懂草木的泪水，然而，当那一天，我化为草木，我开始懂得一切、一切……

关于生命，关于生活。

亲吻大地

回来吧，我们等待你已久。我听到童年的伙伴们在呼唤，它们挨挤到一起，叽叽喳喳，七嘴八舌：还记得我们吗？我们曾陪伴了你多少个日月！

怎不记得？你，青菜；你，金银花；你，狗尾巴；你，灯笼草；还有你，野葡萄……当我准确地说出你们的名字，你们是不是深感意外？那时你们在大地上肆无忌惮地生长，青菜贴着地面铺得漫山遍野，绿得能滴出水来。那时我八九岁，上学时带上一个背篓一把镰刀，放学时在你们身上打几个滚，与伙伴们比赛谁割的最多最好。我是那一群里力气最小的，你们却总藏在别人找不到的地方茂盛肥美地迎接我。带你们回家时你们在我的背篓里欢笑，待到母亲将你们剁碎放入锅里煮成猪食，还在发出诱人的香气。有时我不忍再割，你们又总是安慰我说，割吧，倚了大地的脉息，我们是永生的。

青菜，你知道我对你的虔敬与依恋吗？

还有狗尾巴，你总是长在田埂上。我与母亲去摘豆子时，最喜欢扯一根衔在嘴里，你细长的茎上有一个硬硬的骨节，尾端是毛茸茸的浅绿的狗尾巴。我用你自创了玩具小提琴，它常带着我沉醉于沉默的心灵音乐之乡，走过红色的大地，闭上眼睛任你带着我走向自由飞翔的世界。有时你的“尾巴”上那些小的颗粒会撒下来，母亲说，明年，又是一株高高翘起的狗尾巴草。那时，我是多么喜爱你的那种高挺着身子又谦逊地低着脑袋沉思的模样！

灯笼草，你还寂寞吗？哦，你在笑，你笑我把你拍响？你总是招摇地举起那么多的小灯笼，每一个都嫩绿的，气充得满满的样子，叫我怎不手痒？每次摘下你的一个灯笼放在左手掌心，右手一拍，你就“啪”地脆响，那是你给我放的唯一却永不单调的音乐。

还有你们，簇新如黄色白色火焰的金银花，浑身长刺藏在粉绿叶片下的深绿浅紫的野葡萄，红蓼，长得像赭红的蜡烛一样，能止血修复伤口的菖蒲……是什么睁着一只眼睛在看我？——豌豆花。啊，你们也来了，黄豆、扁豆、长豆荚……你们要告诉我什么？落叶们也赶来了，是要提醒我忆起那段燃烧你们，光焰明亮的时光？

我在春天种下真理、纯朴、信心、天真，一样的施肥，会结不一样的果实？可是，我不复当年的无畏，怯懦的虫子会噬掉这一切吗？在乡间、在城市，很多人已经不屑于看着脚踩的大地，不屑于播种，虚伪、胆怯、盲目自大像虫子一样侵蚀着你们的身躯，使你们日渐瘦弱，大地的经脉被钉入土层的钢筋水泥阻断。物质发达膨胀，你们已被遗弃。

啊，因你们的需要，我来了，我的灵魂已经复苏。春夏秋冬，我像一个农夫一样耕作，我在我的土地里播下爱与真诚。此时，我必以无比虔敬之心跪拜和亲吻大地，祈求它给予我，一切的人，以童年时纯洁的心，一往无前的力量，去获得爱与永恒的平静！

放动一山春色

冰心曾在《一日的春光》中写道：“九十天看看过尽——我不信了春天！”那是写北方被风沙挡着，迟迟不来的春，身处南方山水秀色中的人们，哪里体会过那种企盼而不得，苦苦相思惹得一身憔悴的滋味！

然而，今年的春天，着实地叫人渴慕了一把！一波接着一波的寒潮、一场连着一场的风雪，把春天严严地挡在了门外。惊蛰过去，春分过去，笨笨的棉袄依然紧紧裹在身上，早应该开放的迎春花，连苞儿也没露，最勇敢的爬山虎的脚，伸也不敢伸出来！那渴望在春风里舒展一回的筋骨，懒洋洋的，怎么也展不开，那期待着聚一场的轰轰烈烈的踏青盛会，等了又等，终于还是过了时候！心里对比着往年此时，埋怨着满山迟迟不来的春色，惆怅着那怎么也暖不起来的湖水，清亮则清亮，却过于寒冷了些！——除了依然故我地钻出头来的满地芦蒿，春江的水，连鸭子也是不敢去试的！

前些时候，忽然一日，天放晴了，我急急地脱了棉袄，穿上暖黄的轻巧春装，邀了好友，去公园里赏春。谁知半路上由晴转阴，继而寒风扑面，细雨绵密，我偏不信了，她来得如此迅疾突然，又会去得如此快然自足？倔强地于寒风中挟数枝红梅，扶一树嫩柳，散步湖畔，观雨中微波，登高望远，看天际飞鸿，生生地想要留下春天的印痕。谁知春并不领情，她用她的清冷，令我回去大病一场，逾两周方痊愈。从此心里淡淡的，忽然明白，过于热烈的企盼，譬如那燃得过旺的火，容易烧尽，灰飞烟灭。大自然的一切，是强求得来的么？

如此，春，那对我而言预示着光明、希望与生机的一切，那我迫切需要以之来令生命灵动起来，却又迟迟不来的一切，反使我平和了。跳动不已的心，静下了，又可以听声响，又可以观颜色，一切感觉，不只是为春而动，渐渐地，我复归于往日的敏锐。

不知不觉中，缓缓地，一天一天，天色在变，由阴沉低压到逐渐开阔，天气亦在变，由冷雨连绵到暖阳羞涩，大地回暖了。这一暖，便跳过了早春，直接来到仲春，仿佛只一眨眼，无论哪个地方的迎春花都灿烂地开了，开成一墙一墙的惊艳，而爬山虎，竟然一瞬间就铺开了它的绿毯子，覆盖在去年冬天的枯黄之上！

匆匆地从大街上走过，风，像个放肆的孩子，扯着我的衣襟，一忽儿东，一忽儿西。放眼四望，好像只是一夜，那些随节气而变动的流动小摊位上，摆满了花花绿绿的风筝。“儿童散学归来早，忙趁东风放纸鸢”，不经意地，就吟起诗，满心里想着，该买一只风筝去放放了！

我是个手笨的人，从小没做过一只完整的风筝，所以，自然也没有放起过。前年看到街上的大风筝，买了一个来，高举着，从上坡到下坡，来来回回跑了二三十趟，累得满头大汗，只希望让它鼓足了风飞起来，可它依然颓丧地不肯起飞，飘着飘着又到了脚下，最后只得放弃。

可是，再大的打击也挫不败那渴望高飞的心，每年的春天，看到风筝振翅欲飞的模样，那种要亲自放起的感觉会愈为强烈。此时此刻，我已经迫不及待地要买一只来，以遂平生的心愿！

拿了风筝，会同家人，到梓山水库去。去夏炎热时，曾于傍晚到此纳凉，看满湖的水满足了消暑人们的愿望，而环水青山，只在水边做个陪衬，故而未曾想要走到山里去。在这个明媚的春日午后，闲散的心正无处安放，而高飞的风筝，正需要一个平整而高的去处，故而寻幽访奇，我们顺着蜿蜒但宽阔的山路走进去，再走进去，正在山山掩映，疑无出路时，忽地眼前一明，一处平整而开阔的山地展现在面前，这大坪的旁边，一汪碧水静静地躺在山的怀抱里，仿佛一个温顺的女子依偎在终身相托的恋人身旁，流水清幽，正是那含情脉脉的双眸。

只见水边山色的倒影里，有三两垂钓的渔翁，不问收获地静坐；坪上有几处用于烧烤的砖石；山脚下一群年轻的大学生正在铁丝网上烤着他们刚串起来的杰作；环水的山边小路，两对恋人正手挽着手散步；山上亦有几人在采野菜。远处的青山连绵起伏，青山再远处，城市高耸的楼群，喧嚣的人影全成了无声的背景……俨然一幅另类的“桃花源”图景！连日来，我身处喧闹的中心，早已迷失心中的桃源，哪里知道，俗世之外，自然有人，在最严酷的环境下，亦能如此逍遥闲适，并不辜负造物的深意！

海选了一处高处空地，趁着一股大风，一松手，那风筝居然便轻巧地飞起来了！可是由于放起的随意与轻易，他得意不已，正得意间，线缠住了摇手，他便低头去弄线，风筝就扛不住，歪歪斜斜地飘落了。唉！我奔过去，想要挽救，可惜已经来不及！碰巧，飘落的风筝落到了水里，线拖着扯着，费了九牛二虎之力才弄上来，线又缠起结，又要解线，弄得手忙脚乱，失了兴致。午后暖暖的阳光照着，倦意漫上来，我说："你放吧，我到坪上去看着。"

弄清楚后，海拿着它来来回回地跑起，可风筝偏不配合，一会儿掉到土坡低处，一会儿又挂在了树梢，弄得他手忙脚乱，几经挫折，最后一次，似乎连东风也不忍心看他如此执着无果，吹了再吹，那风筝眼看着扶摇直上，终于在高空里骄傲地俯视大地的一切！此时，钓鱼者抬起头来，大声赞道："放得好漂亮！"吃着烧烤的青年们注目于高处，鼓起了掌；那河边的恋人们也遥指着天空，倾诉着彼此的愿景。大家的心情，均因为这只高飞的风筝而更明媚了！我远远望着这一切，心里涨满了温暖的感动！再看周围并不高峻的群山，仿佛随着那风筝而动起来，山更绿，花更红，满山的春色皆在水中荡漾……

此时，光明、生机、希望、抵抗寒冷的决心、迎接挑战的信念，以及纷至沓来并不值一提的烦忧，均在风筝的背上，与灵动的山中春色融为一处。

方知道，春天真的来了。

端午听雨

凌晨四点，窗外的雨声，摇开了我繁丽的梦境。寂静的黑暗中，淅淅沥沥的雨，夹着墙脚的虫鸣，如静水之河，轻轻漫过我的身体，在这条黎明的河流里，我的思绪犹如一叶小舟，随水漂流……

又是一年端午了。在所有的节日中，端午，应该是最特别的吧？它既不是借助圆月以表相思团聚之情，也非年中或年尾对生命经历的某种庆贺与纪念，更不是什么希望与爱的载体。我常常想，人们为什么要定这样的一个节日来庆贺呢？每年的这个时候，正是暮春，伤春惜春还来不及，加上连日的绵绵细雨，更是勾起人无限的愁绪，为什么在这样的日子里，就有了这样一个节日，并赋予了这样一个名称？是谁最先想到，每年农历的五月初五，要用这样的形式，来为连日黯淡的心情，点缀上一些明媚的色彩，从此，世世代代，岁岁年年，人人都愿守着它，开始一年中最有诗情的幻想，并不断为它添加新的传奇？

遥远的过去，必然曾经是这样的：因为爱着大地的美丽，一个草间的精灵幻化为人形，在熙攘红尘中，开始了她的长途跋涉。她从一月走到十二月，又从十二月走到一月，在所有的日子里，唯有五月，最惹人愁绪。那一切种下去的，还没有收获，而连日下着的雨，又淋得人迈不开步子，人人都只能守着自己的窗，看草更蓬勃翠绿，河水更清澈丰盈，听雨声大大小小，不曾停歇，怎么办呢？啊，那水里长起来绿得叫人妒忌的菖蒲，那堤岸旁田野里已有半人高的艾草，还有那清香诱人的粽叶，真是不由得不引人想在水上挥动臂膀划桨，扯开嗓子高歌！那么，还得吃点儿什么，喝点儿什么，洗点儿什么，熏点儿什么吧？要不，岂不辜负这大好的春夏交替时光？！叫它个什么名字呢？精灵望着雾茫茫的空气，想着这初五如处子般的美好，怔怔地用舌尖轻抵上颌，双唇微啜，“端午”应声而出，于是，从此，这一日，便有了名字。

端午，多美的名字啊，它既不像中秋那样直白，也不像元宵那般热气腾腾，它仿佛天生就是含蓄的，蒙着一层淡淡的青纱。这一天，或是小雨，或是阴天，总有浅浅的雾气萦绕，把个“端午”演绎得曼妙多姿。在往后的岁月中，有了屈原汨罗江畔的那一跳，民间文化与史上第一位浪漫主义诗人的结合，使这个节日更添了几分凄迷色彩，而自从增了白娘子与许仙以悲剧收尾的爱情传说，这样的节日，便不由得令人更看重起人间的情义来！

在我儿时，家乡的端午节，别有一番味道。

端午前一天，家家户户的堂屋大门口，都泡着一桶米，其中莹白如玉且细长浑圆者为糯米，中间也夹了平常稻谷。另外，还晾着许多长椭圆形的绿叶，叶脉一律是从叶柄处往叶尖竖长着的，凑近一闻，有淡淡的青草味，这是粽叶。准备得差不多后，各家主妇带着搓好的麻绳和一把小勺、一根筷子，三五成群地坐到一处，边聊家常，边开始包粽子。

我母亲的技艺，在当地是出了名的好，凡她包出的粽子，不仅串串相连，上方下尖，外形很美，而且松紧适度，清香四溢，口感特佳，凡吃过她粽子的，无不啧啧称赞。只见她反坐着椅子，稍稍弯腰拿起两片粽叶，在手心摆弄几下，一转，一个底端封口的小漏斗就出来了，把筷子往尖端一插，再用勺子一勺一勺往里添米，一边添一边又停下来转一下筷子，不久，粽叶里的米便包满了，用粽叶多出来的部分将米紧紧包好，再用椅背上的麻绳用劲缠好，打个结，一个粽子就包好了。

一串又一串粽子在母亲手中神奇地结出来，半天不到，一桶米就用完了。母亲因为手脚麻利，总是做完自家的，还能帮别人。不过，到晚上，我总听见母亲吹着手，轻声说，手好痛。我总想，做完自家的，是不会痛的，为什么一定要给别家做，还要忍着手痛呢？

端午节这天早晨，揭开大铁锅的锅盖，热气腾腾中，满满一锅绿莹莹的粽子壮壮地躺着，似乎在等候我们大驾光临。这天的早餐，自然就是糖拌粽子，或肉汤下粽子。我素来不爱糯米，但面对母亲的粽子，还是受不住诱惑，总要吃上一两个。松软而散发着清香的，母亲包的粽子，不需要任何调料，便已是天下至纯的美味啊！

这天的上午，父亲的活动，是去池塘边扯菖蒲，到堤上砍艾草，成捆成捆地背回来，洗干净，扎成一束束。那时候，家家都是自制蚊香与沐浴露，绝对纯天然草本精华，即把端午采集的草叶晒干，用废纸小把包紧，夏天熏虫，又香，又有奇效；或者直接把晒干的草叶放入开水里，冷却后再洗，夏天连痱子都不生。

除此之外，到酒店打酒，到药店买雄黄朱砂，都是必修课。浸了雄黄的酒，比花露水的消肿消毒功能要强十倍，一般是药到病除。要不，白娘子那么高的修行，也不会因为喝了雄黄酒而显出原形吓死许仙，再有后面大闹金山寺一出了。

母亲在这天还会做一种挂饰，即掐一个艾草尖，拿一粒大蒜籽，用针线穿起来，挂在孩子们的脖子上，再用手蘸一点儿雄黄酒点在孩子们的眉心，就算是驱邪成功了。这时，母亲望着她的孩子们，明媚地笑，那笑，真像在端午的天空上，放了一枚光辉的太阳。

当然，端午节的龙舟赛是过一两年就会有的隆重庆典。不管是阴天还是下雨，都阻止不了年轻人沸腾的热血。家乡的浩江湖，曾是哪次全国大学生运动会的跳水场地，可见水之深，以及水质之好。这里的龙舟赛，可谓壮观。只是观景台上人山人海，儿时的我踮起脚尖，也难看到船身一二。唯一留下的印象是，锣鼓声、呐喊声，疯狂成片，而赛后，那些血气的汉子又总免不了要打一场，约好明年再来比试……

而如今，我的粽香何在？我的艾草菖蒲何在？我的雄黄酒何在？我记忆中热闹的声响何在？

刚刚在梦里见到母亲，依然是年轻时的模样，大眼睛，爱笑，很阳光。可是，瞬间就没有了。我不再如往常般歇斯底里地叫喊，而是默默地到处寻找，却怎么也再找不到，心里好一阵恐惧。正好，淅沥的雨声，淹没了瞬起的思绪，黑暗中，我睁开了眼睛。雨，一直下着，那一丝丝一线线，在粽叶上淌过时，它的脚步是如何的轻柔啊……

天，在雨声中渐渐明亮起来。又一年端午，来了。

到山中去

登山的时候，听到山涧流泉的叮咚声、林中飞鸟的清脆啼鸣，看到一环一环的山水渐渐到了脚下，身边的雾气越聚越多，想到从山脚望去遥远的山尖正随着脚的移动而一步步向你靠拢来。你会不由自主地想写诗，写那些表示志向的诗，抒发“会当凌绝顶，一览众山小”的豪情，或写相思的诗，表达对遥远而朦胧的远方的思念，某种普遍的情绪就那么一点点涌上来，越来越浓、越来越浓……

昨夜一夜倾盆的暴雨，定然将山清洗了个干净，青的更青了，新绿的也添了更新的颜色吧？春日的晌午，阳光好得让人想唱歌，心里明媚干净得一尘不染，于是，我们听见了山的召唤：到山中去、到山中去！

泥泞的山路怎么能阻止一往无前的心呢？寨子仑、竹泉山庄、大村水库，光是名字，已经够令人向往，而近郊越来越开阔的路面，绵延不绝的群山，更是诱得人无限向往。对于我而言，一切未知的，都充满着神奇，一切神奇的，都能诱发我的好奇，令我身心都满足。

这是一次集体行动，集体的好处在于，当你想投入时，它无声地容纳你，驱走你的孤独与寂寞，当你想脱离时，它自觉地疏离你，给你独享的片刻。车至竹泉山庄，这是一处隐于山中的世外桃源，且不说它恬静与怡然自乐的妙处吧，只要踏过山庄通往山里的圆木长桥，自水库大坝深草处攀缘而上，你便会忘却烦恼，只管往上去！

除了水库的水清静幽深，在山的映衬下显出几分秀丽，这里其实没有奇异之处，见过名山大川的人，怎么会把它放在眼里呢？它的路是泥土里有沙石，它的林是杂乱地长着各色草木，开着无名小花，它的鸟也不过是麻雀、斑鸠、黄鹂、野鸡，它的腹地，也不过是平常家居，连它的顶峰上，也不过是一块破旧的瞭望坪、一个简陋的瞭望台、几处简单的旧建筑、一个孤立的庙宇。可是，见过名山大川的人，反而容易被这份淡定与从容打动吧？它不悲不喜，正如山里的水一样，把每一个平常的日子打理得润泽有声，它又包容万物，吐纳自由，正如草木一般。即使外在喧嚣无尽，它亦安守自身。

一路向前，看春花春笋，听春声春韵，常有的戾气随着汗水流出体外。通泰了，平和了。古人为什么愿意终老于山中呢？那些佛寺为什么一定要建在山中？人们的坟墓为什么要立于山头？……一切未解的疑惑，竟然如明镜似的在心里映照。片刻悠闲中，一些情绪便涌上来，隐居的、豪壮的、思虑的……

最后，站在瞭望台俯视，远处的田野村寨宛然若画，近处的起伏山体如龙摆脊，尽收眼底。那一刻，登山的疲倦被山风卷去，只觉已与山间之气融为一体，分不清哪里是山、哪里是水、哪里是草、哪里是木、哪里是我……

春日远足（五古）

登山采白云，疏林多芳草。流泉影绰约，飞鸟声杳邈。

寂寂空山幽，泠泠远道早。云霞本无踪，恐怅以终老。

君心似我心？贻云寄青鸟。山长与水阔，旦暮思未了！

且听雨步

仲夏夜十一点多，蝉忽地噤了声，四周阒寂，遥远地方的车鸣，近处人家的呼噜，拖鞋穿行于楼板的趿拉声，甚至一片落叶坠地的微响，全隐约而又清晰地传到耳鼓，搅我清梦。

风，在树尖，先是碎步轻移，再变成欢快奔跑，树叶忙欢欢地“簌簌”着，不一会儿，那熟悉而又久违了的声音，从远至近，那是雨的脚步。她于放肆中夹着节制，仿佛一个生长于深宅大院的小丫头，忽然见了烂漫春光，怯怯地欢喜着，忍又忍不住，跑又跑不开，那情态，着实招人怜爱！你听！你听！先是试探着，一滴两滴，渐成淅沥，再伸展开手脚、腰肢，尽情奔跑、笑叫，漫漶成了远远近近一大片不疾不徐的声响。

我甚至能听清楚它的脚步踏过玉兰树叶、樟树叶和松针时的不同节奏，也能清晰看见它从屋顶蹦跳到遮雨棚，再流到地沟，一路欢唱的身影。酷热的天气，仿佛只是被一只神奇的衣袖轻轻挥了一下，便逃匿得无影无踪，就像它从来没有降临过，更不曾狂躁肆虐，驱之愈强，展之愈烈。

素来喜欢听雨，对于我而言，无论什么季节的雨声，都是天地间最美的音乐，那从天而降的水，滋润着焦躁难耐的心，洗涤着一切污秽、邪恶。每次雨过后，天空必定呈现前所未有的洁净，树叶亦展露清新，而房屋、道路，甚至最自以为是的人，也都显出了一种可爱的谦卑，这使人不得不欢喜。

那雨声，还能勾起人对童年与少年时代的回忆，那是人生中最美的时光，那时，世界呈现着本来面目，而我们的心，纯净一如阶前细雨。

想起来，炎热的夏总是那么长啊，而清凉的夜晚便愈显其可贵了！睡在摆放于禾场中的竹床上纳凉，到中夜时，露水从竹床脚攀缘而上，透过发隙，爬上额头，手一摸，凉凉的，正想着好舒服，便被母亲催着回房了——这沁骨的露水，是最易引发风湿的。只是朦胧中走回依旧闷热的房内，则再难好睡了。但若那晚先有闪电，再有“隆隆”的雷声从天边一直滚到眼前，则只需把竹床抬至阶前，一边闲闲地躺着摇蒲扇，一边静静地等着雨来。檐前廊下的雨水，密密细细地飘到皮肤上，很凉，雨大了，还有一些雨点溅到身上来，像是某个精灵调皮的吻。

少年时，心里为某些情意起了微澜，这样夏夜的雨，倏忽地来，倏忽地去，真真地惹人烦忧。母亲过世的那年夏天，父亲一直沉浸在悲伤中，妹妹与我为担心别人偷走我们家的西瓜，竟于深夜时挽着手去三四里外河边的那块西瓜地里蹲了半宿，这事儿连父亲也不知道，如今想起来有些后怕，若是真遇到偷瓜的，把小姐妹俩抓了丢在河里，谁能救得？！蹲到凌晨三四点光景，忽然脸上凉了一下，又凉了一下。我问妹妹：“是不是下雨了？”她梦呓般地回答：“可能吧，好像有什么东西舔了我一下。”我们跑到近处别人家的瓜棚里躲雨。刚进去，雨步便从远至近，从小至大，差不多要把那瓜棚踏垮了！这样持续了约十几分钟，渐渐地，雨步又从河面向远处撤走了，只留下一些散兵游勇，继续与我们为伴。我不知怎么的，心里忽然填满了惆怅，好像是为着这看不着边际的生活，好像是为着那种无依靠的自怜，又好像是为了怎么挡也挡不住，闯进了心里的少年，也不知道他听到这阵雨了没有。

那一晚，妹妹好像一直在半睡之中，我却扯着她说了好多好多从未吐露过的心事，以期排解我内心时时笼罩的忧伤……

生活是一辆永远不知道下一站在哪里的列车，我们的心境总是随着日光的忽明忽暗而起伏无定，但人生驶进开阔的境地后，听雨的脚步，慢慢开始有了家国的愁思……

近来与一友人谈起我们不同的生命态度。她的文字平和从容，睿智大气，排除了浮躁与戾气，使人读之安宁，正如这夏夜降临的雨，毫不张扬，却洗尽铅华，而我，见身边诸种，时而怒目金刚，时而颓丧失意，一如夏日经曝的枯枝，一点便是熊熊大火。我正在这平与不平中徘徊，正要从她的身上吸取宁静而致远的营养，故而有一次对她说，给我设个千里眼吧，让我想说说时，看见有一个你在，心里温暖着，说与不说，便都不重要了。

她果然便设了。于是心情不平时，只要看到那盏灯还亮着，便如同有人在静静陪着，渐渐地便平息了。在这酷热的夏里，她便是一场又一场如约而至的雨啊……

听吧，那雨声，真是神奇至极！它们无论在哪儿降临，都是一场世界级的交响盛会，它们用独特的乐音告诉着世人一个颠扑不破的真理：洗净污秽，方可见清新之太阳。

它以十二万分的热情扑向大地，用尽力量演奏四季中最激动人心的华美乐章。故而，曲子若太长，便易枯燥寡味，若太短，又难免难于令人沉醉，这渐渐浓起来自然淡下去，到最后一切绚烂归于平静，只在短短几十分钟里，完美演绎生命乐音的，才是将分寸拿捏得恰到好处的。

秋天的约会

一夜风雨，天气骤然转凉。莫非，这就是秋天的前兆？

还记得吗？关于秋天，我们有个约会，这场约会，可能是高山流水，也可能是燕语呢喃，可能是深情相拥，也可能只是一次秋月与长天的邀约，云淡风轻里，书写着关于爱的传奇——很多时候，爱，不一定是长相厮守，分分秒秒演绎着缠绵里的柔情万种，也不一定是金风玉露中的一相逢，万千期待中互诉别后的相思无尽。有时甚至，连倾倒衷肠都不必——爱，就是把他放在心里的某个角落，安静守候，看他惆怅低回、看他展眉浅笑、看他意绪零乱、看他爽朗欢喜……

很多年前，我曾听你在耳边低语：如果爱，就义无反顾地去赴那一场一场的约，如果爱，春夏秋冬，每一天，你都要看到我的欢喜。而我，跋涉多年，尘土满面，已经不记得那时的承诺，我不记得我们曾约会在哪里。而今，秋天到了，多日飞扬的灰霭沉静了，天空又恢复了澄澈明净的模样，我经夏而憔悴的皮肤开始重新光滑水润，原本汗水淋漓狼狈不堪的面容开始再现美丽。菱花镜里，辗转于岁月的容颜依然清新，只是不知，你也是否依然一如往日的深沉雄健？

啊，我记得，曾答应过你，关于秋天，那场约会，我会如约而至。可是，亲爱的，我却真的不记得你曾约我在哪里。我茫然四顾，脚步不敢轻移。

是约会在岳阳楼的木窗旁，还是滕王阁的栏杆边？你说，那里有着唐宋的温度，你要用杜工部的“吴楚东南坼，乾坤日夜浮”为我洗尘，用范仲淹悲天悯人的长记为我扩音，还要带我登楼远眺，让我因那屋檐上的绿苔与木楼的黑褐，感喟悠悠历史的无尽悲声，因那浩渺洞庭的烟波万里，高呼水雾深处涵淡澎湃的精魂！你要挽我在城门边抚摸城砖，在周公瑾的小厅里坐饮青茗，你还要与我一起绕小乔的墓走走，告诉我，公瑾对小乔的那份爱，正是你想要给我的惊喜！你说，或者，到滕王阁里走走也不错，少年才子的华章，在千年的风霜后依然熠熠，你要领我循他的步伐去寻觅“落霞与孤鹜齐飞，秋天共长天一色”的传奇，领略那烟光凝而暮山紫的江山画卷。

可是，你看啊，洞庭湖的四时，已然只剩“枯水一季”，站在岳阳楼上，可还能感受那“气蒸云梦泽，波撼岳阳城”的磅礴？那不断修缮雕梁画栋，还有几块城砖几根木头剩有唐宋的诗骨？落日残照里，孤单耸立于石岸的楼影，日益憔悴的面容，是因失去水的涵养，不得不凌空飞起的失落吧？再看看鄱阳湖，那里早已干涸见底，绿草长成了一片又一片耕地，秋水长天，潦水寒潭，杳然不见了踪影，禁闭于城市中心的那一阁，孤零零地，强装欢颜站在那里。

你怎么忍心让我踏上这伤心的土地？不，我知道，不会是这里。

那么，是约会在凤凰的从文故里、翠翠生活过的渡口，还是鲁迅故居的丁香树下许广平轻吟过的窗前?

凤凰，那草鞋下的故乡，清晨从山雾里走出，傍晚又隐进山雾深处；水清亮见底，水底各色的石头打动人，船家的摇橹声也令人沉醉；每一户人家，都守着自己那一份哀乐，自在于个人的种种情意；每一个节日，人们都会盛装出席，带着对天地的一份感恩。你说，那曾感动着从文先生的一切，一定也能感动我，而翠翠这样美得令人心碎的女子，更是山水的精灵，你说，你要让我也去染染她们的气息。

还有鲁迅故居的那棵丁香树，曾陪着先生走了多少岁月，见证了先生突破樊篱获得的爱情，也见证了历史的兴亡更替！你说，在树下，静静地仰视，呼吸，散步，我一定可以陪先生走上一程，让先生的爱憎感染我，这样，我也不愧以一个写文者自立于世。

听说了吗？几年前，通往凤凰的那座碎石桥突然坍塌，而就在去年，那里就发生多起欲望纷争的杀人案。这里也已经染上我们所处的纷杂世界的油墨，再清的水也洗不净渗透进灵魂里的黑影，摩肩接踵的观光人，早已结束了这里的宁静，并掏走了那水底最美的石头和山间清新的雾气。

那么，那棵丁香树呢?

我不敢想，你敢想吗？你还有那么大的把握，带我踏上那曾经最美的土地?

或者，是约会在黄山的奇石侧，泰山的天梯上?

你说，亲爱的，“五岳归来不看山，黄山归来不看岳”，那黄山的松，如在云间，又在雾里，它们全长在悬崖边、峭壁上，云山雾罩里，送来松涛，引发多少行人驻足流连！那黄山的石，个个像调皮的孩子，怎么惊险怎么长，怎么神奇怎么立，只要我看到，一定要感叹这造物的神奇！更不用说泰山天险，“会当凌绝顶，一览众山小”，怎么能错过这样的机会呢？特别在秋末冬初时冒险登上，遥望山间，“苍山负雪，明烛天南”，那才是美不胜收呢！

可是，你知道吗，黄山啊！那最奇最美的一棵松，竟因为过度的开发，而枯死了，如今我们能看的，只是一棵塑料树！我还敢想泰山吗？

那么，是约会在船行周庄的水汽里，还是徜徉于丽江的青石板巷深处？

或者，约会在哈尔滨冰雕的璀璨光华中，约会在海南岛椰林的碧绿青葱里？

或者……

或者，去我的家乡吧，在浩江湖与胭脂湖畔，做一个关于邂逅的迷梦？可是，一条火车路、一条高速公路，正从这里穿过，而“旅游开发区”早已纳入了开发计划。发展吧、发展吧，他们打着发展的招牌，毁完了其他地方，正无处可去，没想到竟瞄准了这里。你还愿来赴约吗？

哦，不，亲爱的，关于秋天的约会，我怎么敢去赴？我要躲起来，不再践踏那些残存的美丽。让美的自管安静地美吧，我只要那爱还存于心里。

然而，在这城市的一隅，我依然无法宁静。只要打开门，令我魂牵梦萦的你总要在我的脑海浮起。秋天来了，我如此美丽，以至于想把最好的自己展示给你。你还能如多年以前一般，敞开雄壮的胸怀，迎接着我的到来吗？

如此明净的季节，我却为何如此怅惘？因为我对你爱得深沉啊！

冬阳下的大丽菊

去厂窖，是这个冬天的早晨突然做的决定。灾难离我们很遥远，所有的一切，都是道听途说，所以，去之前，时光缓慢，每一分每一秒都很轻松，我们甚至觉得，这样悠闲的冬天的上午，真是最美最美的光阴。

散步到河边，往日葱茂的杨树叶子全掉光了，只剩下光秃秃的灰褐色枝丫伸向天空，阳光一例的晴好，但空气里满是清冷的气息，吸一口，血液要流淌半天才暖和过来。河岸有很多工厂，巨大的搅拌机搅着水泥，发出轰轰的鸣响，工人们全在急急忙忙地上着工——人人都生活在自己的轨道上，与别人的生活难得交叉，为着的，全是一个“生计”，每一个人的日子都过得这样平静而安定，仿佛这块土地从来就是如此祥和。

车来了，我说：“去厂窖惨案纪念馆。”车里许多人用异样的目光看着我，我不知道这目光意味着什么，也许只是因为我们的单独行动吧。不去猜测，到了那里，一切问题都会迎刃而解。

在这样冷的冬天，我很少远足，外面的世界于我而言，是完完全全的陌生与新奇。于是，默默地望着窗外褐色的广袤原野，望着远处如烟的树木，以及被收割了的田地，那些仍然静静守候在土地上的稻茬，零零星星还没来得及捡拾的棉花，以及如今尚在肥厚地绿着的菜蔬，使我的心一下子浑厚地开阔起来。多么好的土地呀！即使在这样万物凋零的冬天，它也依然用它独特的方式固守着自己，把它的血液输送到它的儿女们身上，在它的底下，植物的根系庞杂发达，悄无声息地向远处无限延伸。而它，就在这平静里休养生息，孕育着万顷生机！为了这样的土地，有多少人愿意穷毕生之力去热爱它、呵护它，为之奋斗、为之流血！而那些世代生活在它之上的人民，与它一起，曾经历过怎样的故事。

车程很长，思绪随景物的变换起起落落。阳光依然很好，透过车窗照进来，外面的世界是大片大片的宁静，寒冷不再是冬天的全部色彩。

远远地看到了高高的纪念碑，心里一紧。

走过去。走过去。无法预料走过去会看到什么，尸骨？刑具？杀人的现场？死人坑？所有一切能够想到的，都足以使我的心情凝重脚步迟缓。但是，没有亲历现场的未知，以及这个纪念碑小镇人们来来往往的庸常平静，平息了我心中的恐惧，我朝纪念碑走去。

纪念碑很高很大，上面刻着“厂窖惨案遇难同胞纪念碑”。这是我看到的名称最特殊的一块纪念碑，以前看到的烈士碑，全刻着“××永垂不朽”，但“同胞”二字，马上使我感到这些死去之人的平凡，但生命本来就是一场平凡的来去，唯其如此，这碑石的分量才额外的沉重。碑下有厂窖惨案的一段说明文字，碑文如下：

“公元一九四三年春，侵华日军之一部，南犯洞庭湖区。五月八日，悍然出动三千余众，汽艇数十艘，飞机数十架，从陆、水、空进犯厂窖地区，以西侵常德、南逼长沙。九日至十二日，日军实行杀光、烧光、抢光政策，屠戮我同胞三万余人。其中，厂窖及邻近居民一万三千余人，外地逃难同胞一万二千余人，国民党滨湖驻军第七十三军官兵五千余人；烧毁房屋三千余间，船只二千五百余艘，劫掠粮食、牲畜、衣物等不计其数，制造了震惊中外的厂窖惨案。是时，厂窖尸横遍野，血流成河，鸡犬无声，天沉云幂。致此惨祸，当谴日军无道，亦缘国运不昌！”

看着，一下子入了境，使人仿佛又回到了1943年，那段悲惨的岁月，阴风惨雾，使人不寒而栗。

沿着碑往前走去，过了一段小桥，是一个大大的“警钟亭”。桥上、石凳上，落满了杨树细长的枯叶，风一吹，翻滚着，抒写着这里的黯淡与荒凉。放目望去，平原的田野是一贯的沉默与饱满，成了这警钟亭最醒目的背景。

再没有其他建筑物了。莫非这就是纪念地的全部？如果仅止如此，又怎可让人记住那段历史？沿着纪念碑右侧往下，一栋二层小楼出现在眼前，上面挂着一个黑底黄字的招牌“厂窖惨案纪念馆”。黄色的外漆已经剥落，整栋楼显出一种颓败之气，唯有楼外那小型的花园里一丛黄色的大丽菊正开得欢畅。

我直接往里走，可是，一楼只是一个婚纱照相馆和一户民家，他们正在忙碌着午餐，锅碗瓢盆，叮当作响，菜香味飘满了整个楼道。我怀疑走错了地方，便试探着问了一下楼主。原来纪念馆在二楼，我们简单登记一下，就踩着红漆楼梯上去了——所有的一切都在告诉我，厂窖惨案并没有想象的惨，如此稀松平常，以至于现在参观的人也不多，守馆的人也可以馆为家，在一个“惨”字下安然度日了。然而，推开纪念室的门——

眼前的景象使我瞬间几乎窒息。这是人间地狱啊！日军使用的杀人手段，与传说中人下地狱后遭遇的种种酷刑相比，有过之而无不及！

我开始冒冷汗，无法自控地浑身战栗，为人性如此的罪恶，为人类曾遭这样的迫害。站在这些图片面前，我被震撼得几乎崩溃！当我们为惨烈如此的同胞痛苦着的时候，我们又何尝不是在为人类、人性中有这么残忍的一面而倍受着煎熬？！这岂止是一个“兽”字可以形容？那些亲历苦难的人，将如何承受这无异于人间地狱的种种？

我从展厅里逃到外面的阳台。阳光昏惨惨的，四周的一切声音都成了一种空空地响着的背景。如果不亲历现场，如果不亲眼见到这些资料，如果不到厂窖这块土地上来，你怎么可以完全真实地感受这一切？如果这一切被遗忘，这么轻巧地被轻轻抹去，我们该以什么来警示后人？

然而，现在这平静的一切，这楼上晒着的衣裤，楼下开着的婚纱照相馆，小镇上悠闲来去的人们，以及这冬天难得的温暖的阳光，令人不能不怀疑人们对历史的麻木。难道就因为它作为“惨”的历史屈居南京大屠杀之后，它就该受到如此轻视？忘记，就意味着背叛啊！不，我坚信，我们不会忘记，这块土地上的人们不会忘记！那血泪的历史，在厂窖这块土地上，该永远永远地作为标志，警醒人们去奋斗自强！

正沉思间，工作人员走过来说：“新的厂窖惨案纪念馆正在修建中，而一部关于它的电影也正在拍摄，下次您来，可以看到更完整的历史。”我的心头略略感到了一丝欣慰，这也算是对过去、对未来最好的交代吧。

低头看看园里，那丛大丽菊在冬天的阳光下黄灿灿的，显得格外精神，仿佛在诉说着这个冬天的寂寞。但是我来了，它的寂寞一扫而光，它来自于这片安宁肥沃的土地，它将以最美的姿势回报土地的赐予，于是，它张开它的花瓣，展开明媚笑颜，给厂窖的冬天带来一抹艳丽的霞光——死者已矣，生者，即使在冬天，也要活出一片亮色！

远处，传来一片童声，一群老人带着一群孩子，正朝纪念碑走来。

乡村的稻草

风从田畴上掠过，收割后的田野弥漫着醉人的香味，那是稻草的味道。

秋冬来临，稻茬在风中坚定地挺立，像是为季节站岗放哨的士兵，因为站得久了，渐渐的不复昔日的纯金，变得灰褐，继而变白，继而软下去，在一场大雪过后，与田里的泥一起，化为了土地的一部分，等待第二年犁从上面走过，翻到下面去，借着新的生命，又在稻粒上绽放曾经的光芒。

而那些收割了的稻草，则日夜守候在田埂上，一束一束，稻粒剥落的部分被齐齐束在一起，然后散开下面，形成一个大圆，笃实地根根立在地上，与将黄未黄的草们相聚，在一个个收获后的寂寞的日日夜夜，互相倾吐着时光老去的无奈。风吹雨淋，日晒露浸，它们等待着属于它们各自不同的命运。

一部分稻束被放到田的中央，一束一束堆上去，堆成一个个极像圆形房子的稻草垛，在广袤无垠的被收割了的田野上，无数这样的稻草垛彼此凝望，遥遥地互相取暖，既独立又并不显得孤独。于是，这里成了孩子们游乐的场所，他们有时会在草垛下挖一个洞，静静地躲在里面看书；有时邀朋友一起捉迷藏；有时还会选择一个黄昏闲闲地靠着它坐着看天上变幻万端的云。这时若有家里的狗摇着尾巴跟来，用柔软的舌头讨好地舔他的脚，他就使劲地踢开它，只为它误了这样的雅兴，它却不知趣地过一会儿又过来伸出舌头……当然，这样的稻草垛最终躲不过被烧为土木灰的命运，唯有这样它们才能实现作为稻草的价值，因为只有化成了灰，才能又回归到它们所眷恋的土地。当田野里一堆堆的草垛烧起来，青烟将整片田地笼罩，一种令人闻之欲落泪的叫“乡情”的东西便会自你的心底油然而生……

一部分被搬到了农家里当燃料。被丢进灶肚里的稻草，嘭的一下就燃着了，红红的妖娆的火舌舔着锅底，黑色的草灰随之舞动着上升，有时一些还没完全剥掉的谷粒被烧炸了，噼啪作响，真有似真似幻的迷离感。不过，这样的燃烧往往只是短短的一瞬，很快就要塞进新的稻草，新的燃烧才能继续。就在这样的燃烧里，饭菜发出了香味，而我们的快乐随之降临。

一部分铺到了床上。被清理掉了毛边灰皮的稻草，晒得脆脆的，扎成小片，被放到床上，铺了厚厚的一层后，再在上面铺上棉被，再加漂亮的床单，再加一床温暖的新棉被，便足以对抗整个冬天的寒冷了。新草最为保暖，睡上去，打个滚，草簌簌地响，草香和棉花香钻到鼻子里来，仿佛每一根稻草里，都带着阳光的信息。

一部分被放到猪圈里，给猪们御寒。猪们可喜欢稻草了，冬天，外面呼呼地刮着凛冽的北风，可猪睡得鼾声响亮，这全是稻草的功劳。

还有一部分被打成了草鞋，做成了草绳，或是做成放到田地里驱赶鸟雀的稻草人。草鞋一双双磨掉，与土灰一起，又被刮到田里；草绳一根根捆完后被随手丢弃在路边，风拾起它，又把它推到了田里。

最后，它们又全回到了它们的出处，开始新一轮旅程。它们逃不过命定，它们热爱这种命定，因为乡村的稻草，土地是它的根。就像那些从这土地上来，又回到土地上去的人，他们一辈子活得特别瓷实，因为他们知道，生命只不过是一个过程，循环往复，生生不息。

最后的一些稻草，被送到了城里，被随意丢弃，一根一根，脱离了团体，孤孤单单，零零落落，迷失了道路，再也回不到田里去。它们羡慕那些成捆的草，或是整整一个冬天都留在田里的稻茬们，它们想起那些像稻草一样生活着的人，那些喜怒哀乐，都如阳光照耀下散发于乡村的青草的香味，久久萦绕于它们的生命中。

胭脂湖之梦

初冬下午四时的太阳，有些瑟瑟的意味，因为凉意沁人，且风很大，我以为胭脂湖必是惊涛拍岸，卷起千堆雪的，谁知道在烟包山长堤的温和关爱下，这一泓碧水那么宁静。恰逢枯水季节，水面从堤坡往下退下去两三米，湖水瘦得出奇，令人不由得心生怜悯。一丝风也没有，那在远处放羊的老人，悠闲地甩着他的鞭子，羊儿们自由自在地在河滩边吃着草，尽管草已枯黄，但毕竟那根底下还存着希望的绿。湖面上停着一只乌篷船，堤的两头是店家，因为人烟稀少，所以连那隐约传来的一点儿人声，也成了这片湖面极静的背景了。静水流深，大概就是这个样子吧，伫立于湖边，这是唯一一个我能想到的词。

自母亲去世至今，我与胭脂湖相别已有十五年。胭脂湖的那头，是我母亲的娘家，胭脂湖隔开了两个县，甚至于两个地区。当初母亲嫁给父亲，就是从这湖上乘船而来。由于四周青山相拥，因此湖面常有山间雾岚，与湖面的水雾相互纠缠，母亲的嫁船就曾在这湖的大雾中迷失方向，多年来大家一提起这事，就肯定地认为那是某种天意的征兆，可是活到如今，我已全然相信，即使真是天意，母亲也必然不后悔来到另一块陌生的地方生下三个令她欣慰的儿女。女人的一生，做一回母亲，是最艰难但又最快乐的事，能够带着儿女们从湖的这头走到那头，相信那时的母亲也必然是深感幸福的吧。

从我家到胭脂湖，虽只有十来里路程，可对于年幼的我，那便是全部的世界，那便是神秘的他乡。湖的那头，是一个热情纯朴的地方，每次到那里，我都被当成小小的受欢迎的贵客，因此再辛苦，也会很快被满腔的期待而覆盖。更何况胭脂湖的边上，有一个"供销社"，在我的眼里，那里应有尽有的物什与售货员永远微笑的脸，是"天堂"的象征。每次我们在湖边等乌篷船都至少要两个小时，因为乘客很少，路程又长，总要两三个小时吧，收费却只要一元，所以往返的船只有两条。我便在等待的漫长光阴里，把供销社的东西用贪婪的眼神一一抚摸够，计算着自己攒下的零用钱，哪次有机会要买一个漂亮的铁皮文具盒，拿到同学面前显摆一下。终于等到船来了，便轻巧地跳上去，在清水的柔波里想想远处山影里藏着的故事——一切都是遥远而神秘的，因为神秘，远方对我充满了诱惑力，也因为神秘，我开始一次次走向他乡。

少年时走到胭脂湖的心境不知不觉间有了改变。心里开始存有"他"的影子，日日夜夜，分分秒秒，挥之不去，尽管无望地觉得自己只是一厢情愿，可是少年的心啊，怎么会去想到结果呢？每次与母亲一起来到湖边，都期望有一天能够与"他"一起看湖、一起吹风，说说心事，憧憬未来。可是，少年的心事，又有谁能明了呢？若是果真走到了一起，也必然是为了避免无语的尴尬而去热闹地寒暄——我们面对偷偷地喜欢着的人，怎么敢明明白白地牵起他的手？这时，母亲已经从生命中淡了些她的光辉，对“他”的不能言说的苦恼与欢乐，占据了我少年时代的大部分光阴，可是“他”却毫不知情。我绝望地想：这样的梦，永远都只是梦罢了，因此，胭脂湖的蓝，也成了盛满忧郁的颜色。对着胭脂湖，那样盈盈的清亮的水，我几乎要成了诗人——少年心事几人知啊！

心在山林间

乡居时，有一天，儿睡到自然醒，猛然惊坐起，问："妈妈，傍晚了？我睡了一天？"我说："怎么了？""啊呀，这怎么行啊，又浪费一天了！真不应该睡这么久！"

我说："没有啊，还只是上午九点呢！"

他拍了拍胸口，才放下一颗心来的样子，说道："吓死我了，真正吓死我了呢！幸亏！幸亏！"

他那受到惊吓的小模样，真让人心疼——连他也知道，时光是浪费不得的！

只是，我们的乡居岁月，也的确令人一分一秒也舍不得浪费呢！凌晨五点多的光景，房子里微明的晨光、沁人的凉意，将人惊醒。仔细听，鸡鸣声、狗吠声、蛙声、虫声、鸟声，声声热闹着，有时候，一阵晨雨唤起了一池的荷叶，一滴晨露滴醒了一梦的瓢虫，一缕晨风拂皱了一塘的明镜。房子的后窗下伴水种着几根丝瓜藤，这时若仔细听，丝瓜“吱吱”长着的幽微声响，也能听得见！

白天我们看各自的书，写各自的字。有时候海会去钓鱼，房子前后，都有水塘，鱼不多，却正有野趣，他坐上一天也不疲倦。这些天正好每天都会下一阵雨，天气凉爽，空气中湿泥的味道，伴着蚯蚓和毛毛虫的气味，以及成排参天的水杉树发出的某种无法描述的香味，总容易勾起人怀旧的情绪。

傍晚时分我们走上大堤，看芝麻地里那些结网的蜘蛛捕获了什么食物。有一天我们看见一只特别小的蜘蛛，结了一张很单薄的网，却捕到了一只大它许多倍的白蝴蝶。白蝴蝶一直在拼命地挣扎，但是蜘蛛的网竟然无比结实，即使以这棵芝麻为核心发散开的大片芝麻叶都随着白蝴蝶翅膀的震动而微微颤抖，它仍然没有任何一根丝被挣断！

白蝴蝶实在是美的精灵，令人不忍心看到它的绝望，儿子一直静静看着，看得泪水四溢，却不能施以援手，因为他从小就知道，那是大自然赋予每个生命的规则！那黑小丑陋的蜘蛛以巨大的勇气在蝴蝶渐渐无力时向它逼近，然后，吐出更多的丝，给它结了一个精致的网，将它牢牢困住！只是儿子，你若看到这个蜘蛛的努力，又怎能不为它的谋略、勇气与坚持所倾倒？！美与丑，谁曾说过有严格的定义？！

有时候我们也比赛打水漂，看谁的石子漂出的漩涡最多；有时候又比赛扔石子，看能不能扔到各自指定的目标；更多时候，我们比赛瞄准，看谁最先用十颗石子扔中某个目标。获胜的当然永远是他们两人，但我看到夕阳下他们渐渐拉长的影子与堤上的树站成一排，站成相同的姿势时，我会感到某种平安与稳定。事实上，我们都是最后的赢家。

许多个黄昏，海和儿子脱了衣裤并排坐在禾场里，让我给他们洗头、搓澡。我舀一瓢水顺次淋过去，给他们头上挤洗发水，一只手一个脑袋地来回搓着泡沫，再舀一瓢顺次淋过，拧干毛巾给他们擦脸，然后再给身子抹沐浴露，搓背……

这样的时刻，常常有某种奇异的感觉席卷而至，只觉天地之间，得此安宁平和，便是死也满足了，所有的争执、不快、愤怒、恨恨不平，甚至非分开不可的念头，全部烟消云散。大概这便是尘世的幸福。

我已经不那么关注我的村庄。我无暇关注。既然连熊培云这样的学者都只能用他的文字而不是更现实的形式去拯救他“日渐沦陷的村庄”，那么我，除了享受一点儿它的余温，大抵也只能以这样的形式去怀念它曾给过我的一切美好与纠结了。

张晓风有一句话一直特别感动我：“一切正好，有看云的闲情，也有犹热的肝胆，有尚未收敛也不想收敛的遭人妒的地方，也有平凡敦实容许别人友爱的余裕，有高龄的父母仍容我娇痴无忌如稚子，也有广大的国家容我去展怀一抱如母亲，有霍然而怒的盛气，也有湛然一笑的淡然。”

幽居时我，恰如此般，一切正好。

乡村的稻草

王芳

①风从田畴上掠过，收割后的田野弥漫着醉人的香味，那是稻草的味道。

②秋冬来临，稻茬在风中坚定地挺立，像是为季节站岗放哨的士兵，因为站得久了，渐渐的不复昔日的纯金，变得灰褐，继而变白，继而软下去，在一场大雪过后，与田里的泥一起，化为了土地的一部分，等待第二年犁从上面走过，翻到下面去，借着新的生命，又在稻粒上绽放曾经的光芒。

③而那些收割了的稻草，则日夜守候在田埂上，一束一束，稻粒剥落的部分被齐齐束在一起，然后散开下面，形成一个大圆，笃实地根根立在地上，与将黄未黄的草们相聚，在一个个收获后的寂寞的日日夜夜，互相倾吐着时光老去的无奈。风吹雨淋，日晒露浸，它们等待着属于它们各自不同的命运。

④一部分稻束被放到田的中央，一束一束堆上去，堆成一个个极像圆形房子的稻草垛，在广袤无垠的被收割了的田野上，无数这样的稻草垛彼此凝望，遥遥地互相取暖，既独立又并不显得孤独。于是，这里成了孩子们游乐的场所，他们有时会在草垛下挖一个洞，静静地躲在里面看书；有时邀朋友一起捉迷藏；有时还会选择一个黄昏闲闲地靠着它坐着看天上变幻万端的云。这时若有家里的狗摇着尾巴跟来，用柔软的舌头讨好地舔他的脚，他就使劲地踢开它，只为它误了这样的雅兴，它却不知趣地过一会又过来伸出舌头……当然，这样的稻草垛最终躲不过被烧为土木灰的命运，唯有这样它们才能实现作为稻草的价值，因为只有化成了灰，它们才能又回归到它们所眷恋的土地。当田野里一堆堆的草垛烧起来，青烟将整片田地笼罩，一种令人闻之欲下泪的叫“乡情”的东西便会自你的心底油然而生……

⑤一部分被搬到了农家里当燃料。被丢进灶肚里的稻草，嘭的一下就燃着了，红红的妖娆的火舌舔着锅底，黑色的草灰随之舞动着上升，有时一些还没完全剥掉的谷粒被烧炸了，噼啪作响，真有似真似幻的迷离感。不过，这样的燃烧往往只是短短的一瞬，很快就要塞进新的稻草，新的燃烧才能继续。就在这样的燃烧里，饭菜发出了香味，而我们的快乐随之降临。

⑥一部分铺到了床上。被清理掉了毛边灰皮的稻草，晒得脆脆的，扎成小片，

那件衣服时，我打心底里感到自豪，我的母亲，她是多么美啊！她是世界上最美的妈妈呢！我说："等我长大了，我要为妈妈好好地梳梳头，为妈妈买最漂亮的衣服，给妈妈过最平安快乐的日子。"母亲的笑那么灿烂，她的笑，比下得最好的雪还要明净。

可是，她没有等到我要给她的这一切。雪下得很大时，她为过年做准备，煎了一大锅油，却失手将油罐打破，油全泼在地上。很快，油凝结成了白色，她一铲一铲地将干净的油从地上铲起，边铲边流着泪，她说："孩子，我们浪费不起这么多的油呢！妈妈真的该死啊！"我也跟着她默默地流泪，对于母亲犯下的"过错"，我无能为力。

第二年的春天，母亲永远地走了。走之前，她说："去年下雪那天，你见到那泼掉的油没？雪白雪白的，就像外面下着的雪，那时我就知道自己要走了。"我使劲地摇头，否定母亲的话。母亲说："雪啊，那是比水静，比草低的灵物呢。"

从此，远远离开家乡，多年怕见下雪。

今年的第一场雪，于阳光明媚之后突然到来，铺天盖地，真的将所有的忧伤与烦恼覆盖住了。雪花飞落在我的睫毛上，轻声地倾诉。原来，它是来自故乡的雪啊！它带来了母亲的消息，它说："回家去看看吧，你看这城市，待久了，你还回得去吗？"

是啊，回不去了。就算回得去，那一切还在吗？那些留在村子里的童年，是不是依然如我们逝去的时光一般，受到雪的万般诱惑，与这天地间的精灵一起舞蹈？据我所知，乡土已经陷入生命凋零的季节，失去了它的热血和创造力，与我同龄或更小的成年者，将家乡抛在身后。为了生存、为了他们所理解的用更多的物质去满足孩子的需求，把他们的孩子留在那块已然苍老的土地上，乡土、母亲、雪，这些词语已经不与童年相关。取而代之的，是日夜沉浸其中的游戏、是苍白浅淡的聊天，他们不像我们一样要改变属于乡土的命运，他们重复他们的父母，乡土对于他们而言，已然死去。

一只鸟在窗外扑腾。我想打开窗迎它进来，可是，窗是全封闭的。它与雪一起一次又一次扑过来，扑得我心里隐隐生痛。我对它无能为力，正如我对那些逝去的往事，对那些失去了父母的童年、那些正在一寸寸苍老下去的土地无能为力一样。但是，我怎么甘心？

被放到床上，铺了厚厚的一层后，再在上面铺上棉被，再加漂亮的床单，再加一床温暖的新棉被，便足以对抗整个冬天的寒冷了。新草最为保暖，睡上去，打个滚，草簌簌地响，草香和棉花香钻到鼻子里来，仿佛每一根稻草里，都带着阳光的信息。

⑦一部分被放到猪圈里，给猪们御寒。猪们可喜欢稻草了，冬天，外面呼呼地刮着凛冽的北风，可猪睡得鼾声响亮，这全是稻草的功劳。

⑧还有一部分被打成了草鞋，做成了草绳，或是做成放到田地里驱赶鸟雀的稻草人。草鞋一双双磨掉，与土灰一起，又被刮到田里；草绳一根根捆完后被随手丢弃在路边，风拾起它，又把它推到了田里。

⑨最后，它们又全回到了它们的出处，开始新一轮旅程。它们逃不过命定，它们热爱这种命定，因为乡村的稻草，土地是它的根。就像那些从这土地上来，又回到土地上去的人，他们一辈子活得特别瓷实，因为他们知道，生命只不过是一个过程，循环往复，生生不息。

⑩最后的一些稻草，被送到了城里，被随意丢弃，一根一根，脱离了团体，孤孤单单，零零落落，迷失了道路，再也回不到田里去。它们羡慕那些成捆的草，或是整整一个冬天都留在田里的稻茬们，它们想起那些像稻草一样生活着的人，那些喜怒哀乐，都如阳光照耀下散发于乡村的青草的香味，久久萦绕于它们的生命中。

1. 文章可以分为几部分？请简要概括每部分的意思。

2. 文中写到了乡村稻草的哪几种命运？分别展现了乡村稻草的哪些品格？

3. 请（从修辞、炼字、情感等角度）赏析下面语句。

秋冬来临，稻茬在风中坚定地挺立，像是为季节站岗放哨的士兵，因为站得久了，渐渐的不复昔日的纯金，变得灰褐，继而变白，继而软下去，在一场大雪过后，与田里的泥一起，化为了土地的一部分，等待第二年犁从上面走过，翻到下面去，借着新的生命，又在稻粒上绽放曾经的光芒。

有几分遗憾失落，但那时也懂得了聊胜于无的道理，仍然是欢喜着的。想来，如果没有这格子窗的褐色将夜里的雪白拦去几分，那份惊喜也就未必会来得那么隆重了！多少年后学到“已讶衾枕冷，复见天色明。夜深知雪重，时闻折竹声”，不禁要为在寒冷与孤寂里伴着静静飞扬而下的雪任思念点点积厚的诗人感叹，想必那时他望着的窗，也是那褐里透亮的木格子吧？

我思念那片松树林。方圆几里路的林子，对于小小的我而言，是一个很大很大的世界。其他的三季，由于过于繁茂青翠所带来的幽暗神秘，它成了藏匿各种鬼怪的所在，尽管里面有捡之不尽的蘑菇、踩上去柔软如毯的苔藓，以及长着各种各样羽毛的鸟。在雨后，从松树尖滴下一小滴一小滴的水，晶莹剔透，令人流连，但是，那是只能在阳光朗照的白天才能偶尔领略的精彩，没有谁敢在里面待个淋漓尽兴。只有在这样的大雪天，松林里的雪，下在厚厚的枯草上，干净得叫人心痛。无论怎样打滚，堆雪人，都不会沾到一星半点儿泥巴。又因为有了这白雪的映照，处处都亮堂堂的，什么鬼怪也都藏不住了，尽可以放了胆从早晨一直玩到晚上，走遍这林子的每一个角落。雪，成就了心里的英雄梦。

我思念那些坐在火炉边将《连城诀》看了一遍又一遍的日子。雪花从天而降，铺向村庄，牛们停止了哞叫，猪们也安然入睡，那些曾经此起彼伏吠着的狗们，成群结队地去雪地上用脚印作画去了。鸡瑟瑟着身子待在屋角，而猫温顺地窝在炉子边，眯着眼，看我沉浸于书的世界。在没有读《瓦尔登湖》之前，我一直认为下大雪时最适合读的书是《连城诀》。这是一个与雪有关的故事，正应了这样的天气，而在大雪封山后人性中的那些丑陋与美好，在干净得一尘不染的世界里一览无余。尽管很多人都更喜欢金庸的其他小说，但不可否认，这一部是最独特的，年少的我读了一遍又一遍，每一遍，必然是心潮起伏，感慨万千。母亲喜欢在炉火上放一壶水，我总一边看书，一边听壶里的水响了又响，一抬头，天地一片白，恍然间不知今夕何夕，身处何乡了！

我思念我的母亲。母亲嘴角的笑，母亲手间的活儿。

那年冬天，母亲为自己买了平生唯一一件昂贵的衣服——五十元的深绿色呢子大衣，大衣的右胸绣了一朵凤爪花。母亲穿着它，清秀的面庞越显清秀，而美丽的大眼睛也更有神采。当时的母亲三十八岁，岁月的艰辛加速了她的衰老，但她穿上

4. 请说说文章最后一段在内容和情感上的作用。

5. 文章主要运用了什么写作手法？有什么作用？

参考答案：

1. 文章可以分为两部分：第一部分（①到③段），写收割后田野稻茬挺立，稻草成束立在田地上，等待属于它们各自不同的命运；第二部分（④到⑩段），写稻草以各种方式，最终回归出处田野，开始新的轮回，或被丢弃，孤单零落，迷失道路的命运。

2. ①做土木灰——乡情深厚，回报故土；②做燃料——奉献自我，服务他人；③铺床、铺猪圈——温暖周围的人和物；④被做成草鞋、草绳、稻草人——任劳任怨，无私奉献；⑤被丢弃，迷失道路——迷茫但坚强，心存美好。

3. 修辞：运用比喻的修辞手法，将稻茬比作士兵，写出了稻茬整齐、有季节规律的特点；运用拟人的修辞手法，给稻茬、犁赋予人的情态，生动地描绘了稻茬从被割到入土新生的生命历程，表现了对新生的赞美。

炼字：①描写颜色的词语表达准确，如“纯金”“灰褐”“白”，写出了稻草变色的过程；②“挺立”“翻”“绽放”，动词准确有力，表达效果好。

情感：通过对乡村稻草的描写，写出了作者对具有坚强、坚定、不屈精神的稻草的深沉热爱和无限赞美之情。

4. ①内容上：“被遗弃的”“迷失道路”的稻草与前文的稻草形成了命运与命运间的鲜明对比，发人深省。

②情感上：渲染了被命运抛弃的无奈与无助，强化了真挚淳朴的情感，充满对生命的向往与期盼。

5. 运用了象征的写作手法。稻草象征着人，稻草的命运即人的命运，巧妙地把“命运”这一抽象的概念变得具体可感，表达了作者对人和命运变化无常，但终归成为一个生命轮回或迷失道路，心存美好的感叹。

染力。②结构上，承上启下的过渡作用，引出下文对母亲的追念和回忆。

3. ①“唯一”既强调数量上的独有，又强调质量上的独一无二，这里的“唯一”是母亲的一件衣服。②塑造了一个勤俭节约、质朴无华的母亲形象。③表达了作者对母亲一生勤俭而自己无以报答的心痛之情。

4. ①运用了议论、抒情的表达方式。②这句话运用了拟人的修辞手法，在喧嚣逐利的时代里，父母把孩子留在乡下，孩子沉迷于游戏、聊天，日益冷却的乡土情怀和日益淡漠的亲子情感，让乡土失去了它存在的意义和价值。所以乡土已然死去。③揭示了当前社会常态，表达了作者对美丽乡土的怀念和对其沦陷的痛惜。

5. ①与前文第二、三段相呼应，使文章结构更加完整，插叙到位。②总结全文，进一步深化主题、主旨，使文章的中心更突出。③进一步深化情感，表达了作者对雪、童年的怀念以及希望全天下远离乡土游子都应回归故里，不忘本心的迫切心情。

比水静，比草低

王芳

母亲说："孩子，若有一天我离开了你，看看这雪吧，每一朵雪花，都会从生你养你的地方出发，带着我的气息，带你找到回家的路。"

整个下午，时光寂静如水。大朵大朵的雪花从高高的落地窗前缓缓落下，有的飞舞坠地，有的扑到玻璃上，仿佛在对我说，我来了，你却为何如此郁郁寡欢？

我抬头望了望城市灰蒙蒙的天空，更多的雪正在纷纷扬扬地向整个大地覆盖而来。它有意覆盖住这熙熙攘攘的人世所有的烦恼、忧伤，驱走一切欲望和邪念，甚至平息种种噪声，静下来、静下来，只留下思念与爱，与这雪一般，生生不息……

跟我回家吧，跟我回家吧。那里有大片的田野，还有永远也不会消逝的破格子窗棂，以及那些至冬也不凋零的松树林，林子里有的是缩成球状的刺猬、羽毛光鲜的野鸡，以及笨笨的一抓一个正着的灰兔子。在那些落满雪的屋顶上，必定是于成片成片的白色里，时时冒起股股青烟，那熟悉的味道会使任何一个走在回乡路上的人的鼻子酸起来，而脸颊却忍不住地浮上微笑……

许多年了，每当雪花从天空飘起，母亲的话总是随之而飘到耳边。时光流逝，什么颜色都会消退，然而，消退了的灰白，也正好将另一些深深浅浅的黑白色托了出来。比如这从故乡出发的雪，如烟似霭，无声无息，比水静，比草低，沉静内敛到丝毫不动声色，却比任何季节能引发的思念更恒久、更清晰。也许，冷与静，才是思念与爱更为集中的方式？

我思念那扇窗。那是一扇灰褐色的细格子木窗，有时糊了发黄了的报纸，有时又被谁捅坏了，撕得七零八落。在寒冷的冬天的黄昏，风牵着细细的雪线在屋脊上奔跑时，我的心里就巴巴地期待，期待酣睡一晚醒来之后，望一眼这窗子，有一种奇怪的半明半暗的光亮涨满整个房子。接下的一瞬间，既是意料之中又是巨大惊喜地趴在窗户边，看一夜之间白起来了的天地，如果那里不露一点儿土地的痕迹，或是在枯树枝上有毛茸茸的一层，或是所有常绿的树木全穿上厚厚胖胖的白袄子，或是窗前的茅檐下挂满长长尖尖的冰凌，衬着白的天地，不自然地就要生出几分诗意——这真是冬天再好也没有的礼物了。如果只是薄薄的一片，没有到十分，不禁我走到阳台上，这是开放的一片天地。迎着寒风，我对小鸟呼喊，在这儿，进来吧！

雪也随之一起飘了进来，轻轻地，比水静，比草低。

1. 结合文章内容，说说标题“比水静，比草低”的含义。

2. 试分析第九自然段在文中的作用？

3. 品味下列加点词的好处。

那年冬天，母亲为自己买了平生唯一一件昂贵的衣服——五十元的深绿色呢子大衣，大衣的右胸绣了一朵凤爪花。

4. 第十五自然段运用了哪种表达方式？作者为什么说“乡土对于他们而言，已然死去”？请谈谈你的理解。

5. 联系上下文，请谈谈文章最后两段在文中的作用。

参考答案：

1. ①表面含义指雪的特点“比水静，比草低”的明净平和、沉静内敛、无声无息。②蕴含着作者对母亲和童年生活的回忆，无限的思念和爱。③“比水静，比草低”暗喻人们的乡土情怀和两代人之间的情感。

2. ①内容上，寥寥几笔，既表达了我对母亲浓浓的思念之情，又刻画出一个温和、勤劳朴实的母亲形象，使文章情感得到进一步的体现，丰富人物形象，增强文章感